कल्पित कथाएँ

कल्पित कथाएँ

संपादन

डॉ. रेखा द्विवेदी

सहयोग

शिप्रा शुक्ला

प्रतिभा प्रतिष्ठान, नई दिल्ली

प्रकाशक : **प्रतिभा प्रतिष्ठान**

694-बी, (नियर अजय मार्केट) चावड़ी बाजार, दिल्ली-110006

 / संस्करण : 2025 / मूल्य : तीन सौ रुपए

मुद्रक : श्री साई प्रिंटर्स, साहिबाबाद ISBN 978-93-87980-69-3

आवरण : अभिषेक तिवारी • रेखांकन : शिराज

KALPIT KATHAYEN

Stories Ed. Dr. Rekha Dwivedi ₹ 300.00

Published by **PRATIBHA PRATISHTHAN**

694-B, (Near Ajay Market) Chawri Bazar, Delhi-110006

तारावती को समर्पित
जो एक बेहतरीन किस्सागोई करती थी।
इस पुस्तक की सबसे बड़ी हकदार वही
थी। वह इस दुनिया में नहीं है, पर आज भी
उसकी मधुर आवाज कानों में गूँजती है।

लोककथा

तुम सोचते हो
मैं बहुत बूढ़ी हो चुकी हूँ,
अगर तुम मुझे सुनोगे
तो मैं तुम्हें एक जादुई
दुनिया में ले चलूँगी।
मुझे मुँहजबानी
सब याद रखना पड़ता है
और बोलना पड़ता है।
मिथक, किंवदंती, कपोल-कल्पना
और अलौकिक।
यदि तुम मुझे सुनोगे
तो समझ जाओगे
कि मैं कैसे इतने दिनों तक
जीवंत और युवा रही,
क्योंकि बच्चे मुझे प्यार करते हैं।
मैं झूठ नहीं बोलती हूँ,
मैं तुम्हें ले जाती हूँ
तुम्हारी जड़ों तक,
तुम्हारे अतीत में।
मैं वह अम्मीजान हूँ,
जिसमें संस्कृति, सभ्यता साँस लेती है,
वह नाइट्रोजन भी हूँ,
जिसमें लोग गहरे समुद्र में
गोते लगाते हैं।
मेरा कोई लेखक नहीं है,
मेरा कोई विशेष समय नहीं है,
हर समय मेरा समय है।
मैं तुम्हारे दिल में,
सुनाने की कला में जीवित रही हूँ।
किताबों में लिखे जाने से पहले
मैं अदृश्य थी,
अब भी यदि तुम देखोगे
तो भी मैं अदृश्य ही हूँ।
मैं हमेशा ही एक रहस्य रही हूँ,
जो सुख, दुःख, दया, करुणा, रईसी,
ईमानदारी, आजादी, गुलामी
की कथा सुनाती रही हूँ,
मुझे सुनो, जल्द सुनो, क्योंकि
मैं एक बहुत ईमानदार शिक्षिका हूँ।
अब तक तुम मुझे जान चुके हो,
अपनी दादी-नानी से पूछो कैसे?
यदि तुम मुझसे मिलना चाहो,
मैं तुम्हारी मार्गदर्शक बन सकती हूँ,
मैं तुम्हें दुनिया के दूसरे
हिस्से में ले जा सकती हूँ।
मैं तुम्हें जंगलों में
टहला सकती हूँ,
जहाँ चींटी हाथी को हरा सकती है,
चिड़िया इनसानों की तरह बोलती है ,
मेढक जानवरों को कान में बिठा लेते हैं,
साँप लोगों की मदद करते हैं,
लड़कियाँ उड़नखटोले पर सैर करती हैं।
मैं तुम्हें उन सब जगहों पर ले जा सकती हूँ,
जो तुम्हें बुद्धिमान बना सकती है।
मैं हूँ लोककथा।

प्रस्तावना

इन कहानियों का संग्रह मेरे लिए किसी उद्‌देश्य का हिस्सा नहीं है। यह निरुद्‌देश्य उद्‌देश्य है। ये कहानियाँ मेरे बचपन के अँधेरों में रोशनी की किरण बनकर रही हैं। मेरा पूरा बचपन गाँव के सन्नाटों में गुजरा, जहाँ बिजली तो दूर, दीए में डालने के लिए तेल भी नहीं होता था। दिन ढलने के बाद रात में यदि कोई रोशनी होती थी तो वह चाँद की होती थी। कुछ कहानियाँ तो मक्के के खेत में मचान पर बैठकर सुनी है।

उन रातों में हुआँते सियार, भेड़िए, साँप, बकरी, कुत्ते, चमगादड़, झींगुर, पेड़ों की सरसराहट, चिड़िया, साँड़ वगैरह पड़ोसी होते थे। ये सब उन कहानियों के पात्र भी हैं।

पुआल के बिस्तर पर लेटकर उन रातों में माँ की कमी पूरा करती चाची, बुआ, जो भी कहानी सुना दे, मसीहा से कम नहीं होती थीं। यदि कोई रिश्तेदार बाहर से आए हों और कहानी सुनाकर चले जाएँ तो उनसे इतना लगाव हो जाता था कि उड़नखटोले पर उड़कर उनके पास पहुँचने का मन करता था।

उन दिनों न टी.वी. था, न रेडियो। यदि मनोरंजन का कुछ साधन था तो ये कहानियाँ। परंतु जिंदगी की भागदौड़, बच्चे पालने, रोजी-रोटी कमाने में कहानियाँ कहीं पीछे छूट गईं। राजा-रानी, गरीब ब्रह्मण, शेख-चिल्ली, जीव-जंतु, पेड़-पौधे सब दूर हो गए। उन सबके साथ कहीं जीवन भी पीछे छूट गया।

वे सब कहानी सुनानेवाले लोग संसार से विदा हो गए। मेरा कार्य और भी कठिन हो गया। संभवतः इन कहानियों को जीवित रखने में कहीं-न-कहीं पिछली पीढ़ी को आनेवाली पीढ़ी से जोड़ने का प्रयास, या फिर कहीं स्वयं को दोबारा खोज पाने का प्रयास ही रहा है।

परंतु इन कहानियों में हमारे समाज की नींव भी छिपी हैं। इनमें इतिहास,

भूगोल, समाजशास्त्र तो है ही, जीवन के गूढ़ रहस्य और मनुष्य की मौलिक आवश्यकताओं की पूर्ति के साथ-साथ अथाह-अपूर्व कल्पनाशक्ति, हँसाने की अद्भुत क्षमता, चतुरता वगैरह भी शामिल है।

यह तो पता नहीं कि इन कहानियों के जन्मदाता कौन रहे होंगे; परंतु निश्चित रूप से वाहकों ने काफी महत्त्वपूर्ण काम किया है। उनके नाम इस पुस्तक में विद्यमान हैं।

इस कार्य को शुरू करने से पहले प्रकाशक से मैंने बात की, उन्होंने मुझे काफी उत्साहित किया, जिसके लिए मैं उनकी सदैव आभारी रहूँगी।

इन कहानियों को पुस्तक रूप देने में शिप्रा शुक्ला, अनुज शुक्ला, एना तिवारी एवं अंकिता द्विवेदी का सहयोग और उत्साहवर्धन अत्यंत सराहनीय है। गीता बाजपेई एवं आशा जैपाल ने संपादन में सहयोग किया, इसके लिए आभारी हूँ।

उन सब कथा ग्राह्य करनेवाले वाचकों के बिना ये कहानियाँ अस्तित्व में ही न आतीं। अत: उनके लिए धन्यवाद ज्ञापन बहुत ही छोटा शब्द होगा। फिर भी मैं उन्हें धन्यवाद दिए बिना नहीं रह सकती। अत: उन्हें भी धन्यवाद! इस पुस्तक की भाषा भाषाई महत्त्व के अनुरूप एकदम शुद्ध नहीं है, परंतु यहाँ-वहाँ अवधी भाषा के शब्दों का इस्तेमाल ज्यों-का-त्यों रखना लोककथा की आत्मा को जीवित रखने के उद्देश्य से किया गया है। जिन्हें समझने में यदि पाठकों को तकलीफ हो तो उसके लिए खेद है।

इन कहानियों को पढ़ने का आनंद पाठक तभी उठा सकेंगे, जब इन्हें इनके उस समय के परिप्रेक्ष्य में पढ़ेंगे, सुनेंगे, सुनाएँगे, जिस काल में ये जनमी हैं। समय के साथ-साथ शिक्षा, विज्ञान एवं तकनीक ने पूरे समाज का ढाँचा बदल दिया है। अत: इनके साथ ज्यादा नुक्ता-चीनी करने की बजाय यदि उस काल की सैर करते हुए इनका आनंद लिया जाए तो यह पाठक के साथ-साथ यात्रा कर पाएँगी और सहयात्री भी बन पाएँगी।

—रेखा द्विवेदी

rekhadwivedi@hotmail.com

अनुक्रम

लोककथा 6

प्रस्तावना 7

1. नाग देवता —अनीता 11
2. सताना की कहानी —राजकुमारी 14
3. जुरमुख —कमला देवी 18
4. रुनझुन-झुमरू —पारस 22
5. लोहे की सास —अनीता 26
6. चिड़िया और दाल का दाना —रेखा 29
7. गड़रिया-सुआ —फूलचंद्र प्रजापति 34
8. तुम खिचड़ी म घिउ सानो —राजेश 38
9. घासीराम-हुलासीराम --तारावती 42
10. भूत-प्रेत की कहानी —तारावती 47
11. दयालु राजा और मचवा —तारावती 53
12. पंडितजी का पुत्र, कुम्हार की बेटी —तारावती 59
13. कउआ हँकनी —तारावती 66
14. उड़नखटोला —तारावती 75

15. जैसे तुम वैसे हम —तारावती 80
16. राजा के बकरी जैसे कान —पूजा 86
17. चल मेरी लाठी तड़क —आभा 89
18. पंडित और नारद —तारावती 95
19. चंदन का कोयला —पारस नाथ 99
20. मेढक-बैल की रखवाली —शशि 103
21. मंदबुद्धि लड़का —तारावती 109
22. राजा की सात बेटियाँ —अनीता 114
23. च्यों खोलो किवाड़ —सुनीता 119
24. लोमड़ी की होशियारी —तारावती 122
25. मोरे हैं सो राजऊ के नाई —शिप्रा 126
26. बिल्ली की सोने की चेन और लालची बुढ़िया —रानी 129
27. इल्ल में से भिल्ल गए —रानी 133
28. तकदीर-तदवीर —तारावती 136
29. आदमी या औरत —शिवरानी 141

नाग देवता

–अनीता

एक राजा थे और एक रानी। रानी पेट से थीं। एक दिन रानी ने राजा से कहा, "मेरा करेला खाने का मन कर रहा है।"

राजा बोले, "करेले का तो मौसम नहीं है, मैं कहाँ से ला सकता हूँ?"

रानी बोलीं, "मुझे क्या पता, कहीं से भी लाओ।" अब तो राजा बहुत परेशान हो गए। वे करेला खोजते-खोजते नाग देवता के बगीचे में पहुँच गए। वहाँ देखा कि करेले की बेल में एक करेला लगा हुआ था। राजा उसे तोड़कर घर ले आए और रानी को दिया। रानी ने जब करेले की सब्जी बनाकर रोटी के साथ खाईं, तब जाकर शांत हुईं। समय पूरा होने पर रानी ने एक अति सुंदर कन्या को जन्म दिया। वह धीरे-धीरे बड़ी होने लगी। जब वह कन्या लगभग दस वर्ष की हुई तो एक दिन अपने पिता के साथ तालाब में स्नान करने गई। वहाँ उसने देखा कि एक कमल का फूल तालाब के बीचोबीच में खिला हुआ था।

वह कन्या अपने पिता से बोली, "पिताजी, मुझे यह फूल चाहिए।"

पिताजी ने कहा, "बेटी, यह बहुत गहरे में है। यदि मैं इसे निकालने जाऊँगा तो मैं ही डूबकर मर जाऊँगा।"

कन्या जिद पर आ गई। बोली, "जो भी हो, मुझे यह फूल चाहिए।"

वह फूल तो स्वयं नाग देवता थे, जो कि फूल बनकर इतरा रहे थे। उन्होंने सुन लिया और वे किनारे पर आ गए।

अब तो कन्या ने आव देखा न ताव और तालाब में उतर गई।

उस पर तो बस उस फूल को पाने की धुन सवार थी। जैसे-जैसे वह फूल की तरफ बढ़ती गई, वैसे-वैसे फूल बीच तालाब की ओर बढ़ता चला गया।

पिता ने चिल्लाकर कहा, "बेटी, लौट आ, पानी बहुत गहरा है।"

वह बोली, "कुछ भी हो, मैं यह फूल लेकर रहूँगी।" इस तरह होते-होते कन्या तालाब के बीचोबीच पहुँच गई।

पिता ने फिर कहा, "लौट आओ, पानी बहुत गहरा है।" परंतु उसने पिता की एक न सुनी। वह आगे बढ़ती गई, बढ़ती गई और अंत में डूब गई। नाग देवता उसे अपने महल में ले गए। वह वहाँ रहने लगी। इधर उसके माता-पिता कन्या के खोने के दुःख में मर गए। उसका एक छोटा भाई भी था। वह अकेला रह गया और भीख माँगने लगा।

एक दिन भीख माँगते-माँगते वह नाग देवता के महल के सामने पहुँच गया। जब वह कन्या भीख देने आई तो उसने तुरंत अपने भाई को पहचान लिया। उसने आव देखा न ताव और हाँड़ी में खौलते दूध को नाग देवता के ऊपर उड़ेल दिया। नाग देवता वहीं मर गए। वह अपने भाई के साथ अपने गाँव आ गई।

वहाँ आकर उसने पाया कि उसके माता-पिता का देहावसान हो चुका है। उसे बहुत दुःख हुआ। उसके माता-पिता का शव वैसे का वैसा चारपाई पर ही था। उसने अपनी उँगली में सुई से छेदकर अपना खून उन पर छिड़क दिया। वे दोनों जी उठे। फिर से पूरा परिवार एक साथ खुशी-खुशी रहने लगे।

□

सताना की कहानी

–राजकुमारी

एक लड़की थी। जिसके छह भाई थे और उनमें वह सातवीं थी। अतः उसका नाम सताना रख दिया गया। सताना अपने भाइयों की बड़ी लाड़ली थी, परंतु उसकी भाभियाँ उससे जलती थीं।

एक दिन सताना की भाभियों ने उससे कहा, "जाओ, जंगल में जाओ और बिना बाँधनेवाली रस्सी लिये, लकड़ी लेकर आओ।"

सताना जंगल में गई और बैठकर रोने लगी। उसे रोता हुआ देखकर एक साँप निकला। उसे उस पर दया आ गई। उसने कहा, "मैं तुम्हारी लकड़ियों में रस्सी की जगह लिपट जाता हूँ। घर जाकर लकड़ियाँ तुम आँगन में डाल देना और मैं धीरे से कहीं रेंग जाऊँगा। कोई मुझे देख नहीं पाएगा।"

सताना ने यही किया। वह लकड़ी लाकर आँगन में डाल दी।

साँप रेंग कर छिपने ही जा रहा था कि सताना की भाभी ने साँप देख लिया और पूरे घर में शोर मचा दिया—"साँप, साँप, साँप···।"

सभी दौड़कर आ गए, जब उन्हें असली बात पता चली तो फिर सताना की जमकर धुनाई हुई।

फिर भाभियों ने उसे धान दिए और बोली, "बिना गाली-मूसल के धान कूट कर लाओ।"

वह फिर जंगल में गई और एक पेड़ के नीचे बैठ कर रोने लगी।

उसे रोता देखकर चिड़ियों को दया आ गई, उन्होंने उसके पास जाकर

पूछा, "तुम क्यों रो रही हो?"

सताना बोली, "मेरी भाभियों ने मुझसे बिना गाली-मूसल के धान कूटकर लाने को कहा है।"

चिड़ियों ने कहा, "तुम रोओ मत, हम सब मिलकर तुम्हारे धान कूट देंगे।" सभी चिड़ियों ने मिलकर फटाफट धान से भूसी निकालकर चावल अलग कर दिए। परंतु उनमें से एक चिड़िया दिल की काली थी, उसने एक चावल चुरा लिया। सताना घर चावल लेकर पहुँची तो उसकी भाभियों ने देखा कि चावल का एक दाना कम था। बस, फिर सताना की पिटाई हुई और उसे घर के बाहर निकाल दिया।

सताना फिर जंगल में जाकर एक पेड़ के नीचे बैठकर रोने लगी।

उसके भाई शिकार खेलकर लौट रहे थे, जब उन्होंने पूछा "सताना, क्या हुआ, क्यों रो रही हो?"

सताना ने रोते-रोते सारी बात बताई। भाइयों को गुस्सा आया। छोटे भाई ने सताना को अपनी जाँघ चीरकर उसमें छिपा लिया।

फिर सब घर पहुँचे, पूछा, "सताना कहाँ गई?"

भाभियाँ बोलीं, "अभी-अभी दूध-भात खाकर खेलने गई है।"

छोटी वाली भाभी चुप रही। उसके मन में ननद के लिए पाप नहीं था। भाइयों ने क्या किया कि एक लोहे की कड़ाही में तेल गरम किया, पास ही में एक सेज बिछाई और बोले, "तुम सब एक-एक कर लोहे की कड़ाही के आसपास चक्कर लगाओ। जिसके मन में पाप होगा, वह कड़ाह में गिरेगा तथा जिसका मन साफ होगा, वह सेज पर गिरेगा; और कड़ाह चक्कर लगाते हुए इस मंत्र को पढ़ना है—

ताउ ताउ ताव नाई
नंनद सताओ नाई
गिरउ कराओ नाई
सेज तोराओ नाई"

बारी-बारी से छह भाभियाँ उस तेल के कड़ाह में जलकर मर गई। फिर

सातवीं भाभी को बुलाया और वहीं मंत्र पढ़ा—

ताउ ताउ ताव नाई
नंनद सताओ नाई
गिरउ कराओ नाई
सेज तोराओ नाई।

वह सेज पर गिरी, तब भाई ने सताना को अपनी जाँघ से निकाला। फिर ननद-भौजाई दोनों राज करने लगी।

□

जुरमुख

—कमला देवी

दो सहेलियाँ थीं। उनमें दाँत-काटी दोस्ती थी। वे दोनों ही गर्भवती थीं। उनमें आपस में एक दिन बातचीत हो रही थी। एक ने कहा, "अगर मुझे लड़की और तुम्हें लड़का होगा तो हम उन दोनों की आपस में शादी कर देंगे।"

दूसरी बोली, "हाँ, ठीक है। यदि मेरा लड़का हुआ और तुम्हारी लड़की हुई तो भी उनकी आपस में शादी कर देंगे।"

थोड़े दिनों के बाद एक सहेली का परिवार दूसरे शहर रहने चला गया। एक को लड़का हुआ और दूसरी को लड़की। वे धीरे-धीरे बड़े होने लगे।

लड़का जब बड़ा हुआ तो उसने अपने माता-पिता से कहा, "मैं शहर में कुछ काम-काज करने जाऊँगा।" उसकी माँ ने उसे उसके जन्म से पहले ही उसकी शादी करने के वादे के विषय में बतलाया, साथ ही उसे उस लड़की के माता-पिता के विषय में बतलाया।

वह पड़ोस के उसी शहर में गया, जहाँ पर वह परिवार रहता था। वहाँ एक गली में उसे वही लड़की मिल गई, जिससे उसकी माँ ने शादी का वादा किया था। उन दोनों की आपस में बात हुई तो लड़की को पता चला कि लड़का काम खोज रहा है।

उस लड़की ने कहा, "मेरे पिता भी किसी को काम पर रखने के लिए खोज रहे हैं। तुम क्यों न मेरे ही घर पर काम कर लो!"

इस पर वह लड़का बोला, "ठीक है।" और वह उस लड़की के घर पर रहने लगा।

शुरू-शुरू में तो वह घर का ही काम करता। घर के लोगों ने भी उसे मेहमान की तरह रखा, फिर धीरे-धीरे वह उन्हें खटकने लगा। वे सोचने लगे कि अगर हम घी खाएँगें तो क्या इसे भी खिलाएँगे? उन्हें लगने लगा कि घर का काम काफी नहीं होता है। यह तो सत्तारी रहने लगा है।

एक दिन घर के मालिक ने उसे कहा, "कल से तुम भेड़े चराने जाया करो।" तो वह भेड़ें चराने जाने लगा।

जब इस पर भी घर के मालिक को संतोष नहीं हुआ तो एक दिन बोले, "भेड़े तो अपने आप चरती रहती है, तुम साथ में सन-सिलाई ले जाकर काता करो।"

अब वह घर के सारे काम करता, जानवरों के लिए दाना-पानी करता, भेड़ें चराता, सन-सिलाई काटता। जब वह सन-सिलाई कातता तो उसका ध्यान बँट जाता और भेड़ें इधर-उधर, तितर-बितर हो जातीं।

एक दिन वह इतना परेशान हो गया कि पेड़ के नीचे बैठकर जोर-जोर से रोने लगा। तभी वहाँ गौरा-पार्वतीजी आ गईं और बोलीं, "बच्चे, क्या परेशानी है, क्यों रो रहे हो?"

वह बोला, "क्यों पूछ रही हो, अगर बताऊँगा तो क्या तुम मेरी परेशानी दूर कर दोगी?"

गौरा-पार्वती बोलीं, "अगर दूर करने लायक होगी तो जरूर करूँगी।"

उस लड़के ने अपनी राम कहानी सुनाई, "घर के लोग इतना ढेर सारा काम लेते हैं, ऊपर से भेड़ें चराने को भेजते हैं, साथ-ही-साथ सन-सिलाई कतवाते हैं। भेड़ें इधर-उधर चली जाती हैं। दोनों काम ठीक से नहीं कर पाता हूँ।" वह फिर रोने लगा।

गौरा-पार्वती ने कहा, "रोओ मत, मैं तुम्हें उपाय बताती हूँ।"

गौरा-पार्वती बोलीं, "जब तुम्हें सूत कातना हो तो बोलो—'गौरा-पार्वती

जुरमुख' और तुम्हारी सब भेड़ें दो-दो के जोड़े में चिपक जाएँगी और भाग नहीं पाएँगी। जब तुम्हें घर जाना हो तो बोल दो—'गौरा पार्वती तिड़ी-बिड़ी' तब वे अलग हो जाएँगी।"

अब तो उस लड़के ने यही करना शुरू कर दिया। भेड़ें मैदान में लाता और बोलता, "गौरा-पार्वती जुरमुख।" सब भेड़ें दो-दो के जोड़े में जुड़ जातीं। शाम को कहता, "गौरा-पार्वती तिड़ी-बिड़ी," तब भेड़ें अलग हो जातीं और वह उन्हें घर ले जाता।

एक दिन मालिक ने कहा, "मैं क्या बात है, भेड़ें तो सूखने लग गई हैं?"

वह बोला, "मैं तो उसी मैदान में रोज चराने ले जाता हूँ।"

तभी उस लड़की की शादी तय हो गई और उसकी तैयारियाँ शुरू हो गईं। सारा काम, दौड़-भाग इस लड़के को करनी पड़ती।

उसकी शादी का दिन भी आ गया और उसकी शादी धूमधाम से निपट गई।

सुबह जब विदाई का वक्त आया, तब माँ-बेटी ने लिपटकर रोना शुरू किया तो यह लड़का बोला, "गौरा-पार्वती जुरमुख।" माँ-बेटी आपस में लिपट गईं।

अब आसपास के लोगों को लगा कि माँ-बेटी में इतना प्यार है कि ये अलग ही नहीं हो रही हैं।

जो भी उन्हें छुड़ाने जाता, तब वह लड़का बोल देता, "गौरा-पार्वती जुरमुख।" तब वह भी उनसे चिपक जाता।

उसी लड़के को इस समस्या के समाधान के लिए पंडित के पास भेजा गया। पंडित-पंडिताइन दोनों आए।

रास्ते में पंडित बोले, "हमें तो टट्टी लगी है।"

पंडितजी टट्टी करने लगे, पर वहाँ पानी न था। वह लड़का बोला, "पंडितजी, वह हड्डी पड़ी है, उसमें पोंछ लो।"

पंडितजी जब हड्डी से पोंछने लगे, तब वह लड़का बोला, "गौरा-पार्वती जुरमुख।" अब तो पंडितजी से हड्डी चिपक गई। पंडितजी हड्डी

चिपकाए-चिपकाए आगे बढ़े, आगे एक नदी पड़ी। अब नदी पार करना पंडितानी के लिए मुश्किल था।

वे नदी में घुसकर बोलीं, "मेरा लहँगा भीग जाएगा।"

वह लड़का बोला, "थोड़ा और ऊपर उठाओ।"

इस तरह करते-करते पंडितानी का लहँगा उनके सिर तक आ गया। जब लहँगा उनके सिर तक आ गया, तब वह लड़का बोला, "गौरा-पार्वती जुरमुख।"

पंडिताइन का लहँगा उनके सिर पर चिपक गया और वे नंगी हो गईं। जब पंडित-पंडिताइन गाँव पहुँचें, तब सब उन्हें देखकर हँसने लगे।

तभी किसी ने कहा, "यह सब कारिस्तानी इस लड़के की है।" जब सबकी नजर लड़के की तरफ उठी तो वह बोला—

"पेरेम मँगनी
सूयेग बियाहु
मेरी मेहरिया अंते जाए!"

तो सब बोले, "अपनी मेहरिया ले जाओ, लेकिन सबको अलग-अलग करो।"

तब वह बोला, "गौरा-पार्वती तिड़ी-बिड़ी, तब" सब अलग-अलग हो गए और वह अपनी मेहरीया को लेकर अपने घर वापस आ गया।

□

रुनझुन-झुमरू

—पारस

एक बहुत ही गरीब किसान था। उसका एक बेटा और एक रुनझुन नाम का घोड़ा था।

उसकी पत्नी एक धनी परिवार से आई थी अतः वह अकसर अपने मायके की बातें करती रहती थी।

एक दिन किसान बीमार पड़ा और दवा-इलाज के अभाव में मर गया। अब उस घर में किसान की पत्नी, उसका बेटा झुमरू और रुनझुन नाम का घोड़ा रह गया। वैसे तो इस घोड़े की सवारी करनेवाला कोई न था, फिर भी किसान की पत्नी किसी तरह अपना और अपने बेटे का पेट तो पालती ही, साथ ही घोड़े के लिए भी घास-चारे-दाने की व्यवस्था करती। धीरे-धीरे बेटा बड़ा होने लगा। किसान की पत्नी अकसर अपने बेटे से कहती, "यदि हम मामा के पास जा सकें तो अवश्य हमें मदद मिल सकती है और हम आराम से रह सकेंगे।"

कभी-कभी बेटा भी जिद करता, वह कहता, "माँ, क्यों न हम मामा के यहाँ रहने चलें। वहाँ हमें अच्छा खाना और कपड़े मिलेंगे।"

माँ समझाती और कहती, "बेटा, तुम बहुत छोटे हो और तुम्हारे मामा के घर का रास्ता जंगल से होकर जाता है। वहाँ उस इलाके में आदमखोर रहते हैं। वे आदमी को मारकर खा जाते हैं। तुम तो मेरे जीवन का सहारा और तुम्हीं मेरी आँखों का तारा हो। मैं तुम्हारे बिना नहीं जी सकती।"

वह अकसर जिद करने लगा कि वह मामा के घर जाएगा।

जब वह लगभग बारह साल का था, तब एक दिन माँ को बिना बताए घोड़ा लेकर अपने मामा के घर की तरफ निकल गया।

वह चलते-चलते भयावह जंगल के रास्ते तक पहुँचा और वहाँ फँस गया। वहाँ एक आदमखोर जाति रहती थी, जिसने इसे पकड़ लिया। वे इसे देखकर खुश हुए कि अच्छा माल खाने को मिला। वे उसे पकड़कर वन देवी के पास ले गए। वहाँ उत्सव का सा माहौल बन गया।

फिर उन लोगों ने खूब आग जलाई और उसमें एक कड़ाह भर तेल गरम करने के लिए रखा। वहाँ एक पंडित भी था, जो पूजा-पाठ कर रहा था और वह उस आदम जाति की भाषा भी समझ रहा था।

पंडित ने झुमरू से कहा कि "तुम इस कड़ाह के आसपास चक्कर लगाओ, मैं मंत्र पढ़ता हूँ।"

अब झुमरू को मन-ही-मन डर लगने लगा। उसने सोचा कि यदि इन लोगों ने मुझे इस कड़ाह में भून दिया और खा गए तो मेरी माँ तो जीते जी मर जाएगी, क्योंकि उसने कुछ आदमखोरों को कहते हुए सुना था कि वे उसे कड़ाह में डाल दें।

उसने कुछ देर सोचा, फिर पंडितजी से बोला, "ऐसा है कि मैं अपने मामा के घर जा रहा था। यहाँ रास्तें में फँस गया हूँ। आप भी मेरे बड़े मामा जैसे हैं। मुझे तो पूजा-पाठ, मंत्र-उच्चारण कुछ भी नहीं आता, अतः पहले आप इस कड़ाह के आस-पास फेरे लेकर और मंत्रोच्चार करके सुना दें, फिर आपसे सीखकर मैं भी कर लूँगा।" यह कहकर उसने पंडितजी के पैर छू लिये। पंडित के तो बस पाँव छू लो तो वह खुश। पंडित इज्जत का सबसे ज्यादा भूखा होता है।

पंडितजी प्रसन्न हो गए और उन्होंने उस कड़ाह के आस-पास मंत्रोच्चार करते हुए परिक्रमा करना शुरू कर दिया। इधर झुमरू ने पाँचवें चक्कर में पंडितजी की टाँगों के बीच अपनी लात फँसाई और उन्हें कड़ाह में पटक दिया।

यह देखते ही वहाँ खड़े आदमखोर भाग खड़े हुए। झुमरू अपने रुनझुन के पास पहुँचा और उस पर चढ़कर सरपट अपने मामा के घर की तरफ चल दिया।

इधर कई दिनों तक माँ राह देखती रहीं, पर न झुमरू का और न ही रुनझुन का पता लगा। फिर वे भी उन्हें खोजने के लिए जंगल की तरफ चल दीं। वे रास्ते में पशु-पक्षी, पेड़-पौधें सबसे यही पूछतीं—

"ये ही डगरिया
मेरा झुमरू गइना, कोई बताओ जी!
ये ही डगरिया
मेरा रुनझुन गइना, कोई बताओ जी!"

पर उन्हें किसी से कोई उत्तर न मिलता। वे चलते-चलते एक दिन अपने भाई के घर पहुँच ही गईं।

वहाँ उन्हें रुनझुन और झुमरू दोनों ही मिल गए। वे उनसे लिपटकर खूब रोईं, पर ये खुशी के आँसू थे।

जब माँ को पता चला कि झुमरू और रुनझुन दोनों ही बस दो दिन पहले पहुँचे हैं, तब उन्हें बड़ा आश्चर्य हुआ। उन्होंने झुमरू से पूछा तो उसने सारी बात बतलाई। माँ की आँखों में खुशी के आँसू आ गए। उन्होंने ईश्वर का धन्यवाद किया कि उसका बेटा सुरक्षित मिल गया।

फिर वे दोनों माँ-बेटे खुशी-खुशी ढेर सारा धन-धान्य लेकर अपने घर लौट गए।

□

लोहे की सास

—अनीता

एक सास–बहू थीं। उन दानों में आपस में बहुत प्यार था।

जब भी बहू खाना पकाने जाती अपनी सास से पूछती, "क्या अरहर की दाल बना लूँ?"

सास कहती, "हूँ।"

बहू दाल बना लेती।

इसी तरह बहू कोई भी काम सास से पूछे बिना न करती। दोनों बड़े प्रेम भाव से रहतीं।

धीरे–धीरे सास बूढ़ी हुई और समय पाकर स्वर्ग सिधार गई।

अब बहू को सास की कमी बहुत खलने लगी। बहू ने क्या किया कि एक लोहे की सास बनवा ली।

अब बहू जो भी काम करने जाती, लोहे की सास से पूछती, "क्या आज गोभी की सब्जी बना लूँ?"

खुद ही "हूँ" कर लेती और जाकर सब्जी बना लेती।

कुछ दिनों बाद गाँव का मेला पड़ा।

सब अड़ोस–पड़ोस की औरतों ने कहा, "चलो, तुम भी मेला देखने चलो।"

वह बोली, "मैं तो अपनी सास के बिना मेला देखने नहीं जाऊँगी।"

वह भी सबके साथ अपने हाथ में लोहे की सास को लेकर मेला देखने चल दी।

जब वे सब मेला देखकर लौट रही थीं तो वह बहू, चूँकि लोहे की सास को लेकर चल रही थी, पीछे रह गई। वह धीरे-धीरे चल रही थी। अतः शाम हो गई।

शाम होते ही उसने देखा कि चार चोर चोरी करके आ रहे थे। वह डर से पेड़ पर चढ़ गई। चारों चोर राजा के घर से चोरी कर के आए थे। अतः उनके पास खूब सोने, हीरे-जवाहिरात के जेवर थे।

वे उनका बँटवारा करने लगे। तभी लोहे की सास बहू के हाथ से नीचे गिर पड़ी।

चारों चोर डर कर भाग गए। बहू नीचे उतरी और सब गहने लेकर घर की तरफ चल दी।

अगले दिन उसने सबको दिखलाया, "देखो, मेरी लोहे की सास ने हमें क्या दिया है।"

उसे देखकर सब दिल-ही-दिल जल तो रही थीं, पर कुछ कर नहीं सकती थीं।

□

चिड़िया और दाल का दाना

—रेखा

एक चिड़िया थी। उसे एक दाल का दाना मिला। चिड़िया ने उसे एक खूँटे पर रखा, चूँकि खूँटा फटा हुआ था, सो जैसे ही वह खाने चली, दाना खूँटे के अंदर चला गया। चिड़िया बहुत उदास हो गई।

वह रोते-रोते बढ़ई के पास गई, और बोली, "बढ़ई-बढ़ई खूँटा फाड़, खूँटा के भीतर दिउल गओ मैं चब्बों का!"

बढ़ई गुस्से में बोला, "जा, तू भाग जा। मैं नहीं जाता तेरा खूँटा फाड़ने।"

फिर चिड़िया रोते-रोते लोहार के पास गई। लोहार अपना लोहा पीट रहा था। चिड़िया उसके पास बैठ गई और रोते-रोते बोली, "लोहार-लोहार बढ़ई क मार, बढ़ई खूँटा फाड़त नाहीं, खूँटा के भीतर दिउल गओ मैं चब्बों का!"

लोहार बोला, "देखती नहीं, कितना काम पड़ा है! जा, भाग जा, मैं नहीं जाता बढ़ई को मारने।"

चिड़िया वहाँ से उड़ी और राजा के दरबार में पहुँची, राजा अपने मंत्रियों के साथ सभा में व्यस्त थे। चिड़िया ने उनसे फरियाद लगाई, "राजा-राजा लोहार को मार, लोहार बढ़ई को मारत नाहीं, बढ़ई खूँटा फाड़त नाहीं, खूँटा के भीतर दिउल गओ मैं चब्बों का!"

राजा बोला, "यहाँ राज्य पर आक्रमण होनेवाला है और तुमको दिउल की पड़ी हुई है। भाग जाओ यहाँ से।"

अब चिड़िया वहाँ से रोते-रोते घोड़े के पास गई और उसकी पीठ पर

बैठ गई। घोड़े ने हिनहिनाकर पूछा, "क्या बात है, क्यों रो रही हो ?"

चिड़िया बोली, "घोड़ा-घोड़ा राजा को डार, राजा लोहार को डाँटत नाहीं, लोहार बढ़ई क मारत नाहीं, बढ़ई खूँटा फाड़त नाहीं, खूँटा के भीतर दिउल गओ मैं चब्बों का!"

घोड़े ने कहा, "मैंने राजा का नमक खाया है, मैं राजा को नहीं गिरा सकता।"

चिड़िया वहाँ से उड़ी और रोते-रोते लाठी के पास पहुँची और बोली, "लाठी-लाठी घोड़ा क मार, घोड़ा राजा क डारत नाहीं, राजा लोहार क डाँटत नाहीं, लोहार बढ़ई क मारत नाहीं, बढ़ई खूँटा फाड़त नाहीं, खूँटा के भीतर दिउल गओ मैं चब्बों का!"

लाठी बोली, "मुझे क्या और कुछ काम नहीं है, जो मैं तुम्हारे पीछे घोड़े को मारने जाऊँगी। चल भाग यहाँ से, मैं नहीं जाती घोड़े को मारने।"

चिड़िया वहाँ से उड़ी और रोती-रोती आग के पास पहुँची। आग के पास जाकर बैठी और आग से बोली, "आगी-आगी लाठी जला, लाठी घोड़ा क मारत नाहीं, घोड़ा राजा क डारत नाहीं, राजा लोहार क डाँटत नाहीं, लोहार बढ़ई क मारत नाहीं, बढ़ई खूँटा फाड़त नाहीं, खूँटा के भीतर दिउल गओ मैं चब्बों का!"

आग बोली, "देखती नहीं हो, मैं खाना पका रही हूँ, मेरे पास काफी सारे काम हैं, तुम भाग जाओ यहाँ से।"

चिड़िया वहाँ से उड़ी और रोती-रोती पानी के पास गई। पानी से बोली, "पानी-पानी आगी बुझा, आगी लाठी जरावत नाहीं, लाठी घोड़ा क मारत नाहीं, घोड़ा राजा क डारत नाहीं, राजा लोहार क डाँटत नाहीं, लोहार बढ़ई क मारत नाहीं, बढ़ई खूँटा फाड़त नाहीं, खूँटा के भीतर दिउल गओ मैं चब्बों का!"

पानी बोला, "देखती नहीं, मुझसे खेतों की सिंचाई हो रही है! मैं नहीं जा रहा तुम्हारे साथ।"

चिड़िया वहाँ से उड़ी और रोती-रोती हाथी के माथे पर बैठ गई और बोली, "हाथी-हाथी पानी पी जा, पानी आगी बुझावत नाहीं, आगी लाठी

जरावत नाहीं, लाठी घोड़ा क मारत नाहीं, घोड़ा राजा क डारत नाहीं, राजा लोहार क डाँटत नाहीं, लोहार बढ़ई क मारत नाहीं, बढ़ई खूँटा फाड़त नाहीं, खूँटा के भीतर दिउल गओ मैं चब्बों का!"

हाथी ने कहा, "देखती नहीं, मैं बरात में जाने को सज रहा हूँ, मैं तुम्हारे साथ नहीं जा सकता।"

चिड़िया वहाँ से उड़ी और रोते-रोते चींटी के पास पहुँची। चिड़िया चींटी से बोली, "चींटी-चींटी हाथी को काट, हाथी पानी पियत नाहीं, पानी आगी बुझावत नाहीं, आगी लाठी जरावत नाहीं, लाठी घोड़ा क मारत नाहीं, घोड़ा राजा क डारत नाहीं, राजा लोहार क डाँटत नाहीं, लोहार बढ़ई क मारत नाहीं, बढ़ई खूँटा फाड़त नाहीं, खूँटा के भीतर दिउल गओ मैं चब्बों का!"

चींटी बोली, "अच्छा चलो, हम अभी हाथी को सबक सिखाते हैं।"

चींटी चिड़िया की पीठ पर बैठी और वह उसे ले उड़ी हाथी के पास। चिड़िया हाथी के पास पहुँची और चींटी ने हाथी की सूँड़ में काटना शुरू किया। हाथी परेशान होकर बिलबिलाने लगा और वह चींटी से बोला, "छोड़ दो मुझे, छोड़ दो मुझे।"

चींटी बोली, "तुम चिड़िया की मदद करो तो मैं तुम्हें छोड़ दूँगी।"

हाथी बोला, "तुम मुझे काटना बंद करो, मैं मदद करूँगा।"

तो हाथी दौड़ता-दौड़ता पानी के पास पहुँचा। जैसे ही वह पानी पीने लगा, पानी बोला, "मैं अभी आग बुझाता हूँ।"

पानी आग के पास पहुँचा।

पानी को देखते ही आग बोली, "मैं अभी लाठी को जलाती हूँ।"

जैसे ही आग लाठी के पास पहुँची, लाठी बोली, "मैं अभी घोड़े को मारती हूँ।"

लाठी जैसे ही घोड़े के पास पहुँची, घोड़े ने कहा, "मैं अभी राजा को गिराता हूँ।"

राजा जैसे ही गिरने लगे, तब राजा ने कहा, "अभी मैं लोहार को डाँटता हूँ।"

राजा ने लोहार को बुलवाया, लोहार ने आते ही कहा, "महाराज, मैं अभी बढ़ई को मारता हूँ।"

जैसे ही लोहार बढ़ई के पास पहुँचा, बढ़ई बोला, "मैं अभी खूँटा फाड़ता हूँ।"

बढ़ई खूँटे के पास पहुँचा। उसने अपने औजार से खूँटा फाड़ दिया, तब चिड़िया ने अपना दाल का दाना खाया और खुशी-खुशी उड़ गई।

अंततः बार-बार प्रयत्न करने पर सफलता हासिल हो ही जाती है। इसलिए हिम्मत नहीं हारनी चाहिए।

□

गड़रिया-सुआ

—फूलचंद्र प्रजापति

एक गाँव में गड़रिया का एक परिवार रहता था। उस परिवार में तीन लोग थे— माता-पिता और एक लड़का। उनके पास बीस भेड़ें थीं, जिनसे उस परिवार की गुजर-बसर होती थी। जब भी वह लड़का भेड़ें चराने जाता तो उसके माता-पिता उससे कहते कि अगर एक भी भेड़ चोरी हो गई तो वे उसे जान से मार डालेंगे।

वह अपना काम बड़ी मेहनत से करता और रोज भेड़ें गिनकर घर लाता। एक दिन एक भेड़िया आया और एक भेड़ उठाकर ले गया। अब उन्नीस भेड़ें बचीं। उस दिन वह डरते-डरते घर पहुँचा। जब उसके माता-पिता ने भेड़ें गिनी तो सचमुच एक भेड़ कम थी। अब तो उनके गुस्से का ठिकाना न रहा।

बाप ने बेटे को पकड़ा और माँ ने उसको हलाल कर दिया। और फिर उसके छोटे-छोटे टुकड़े कर डाले। उनमें से एक पाव मांस अपनी बेटी के घर भी भेजा।

उनकी बेटी बरतन माँज रही थी। वह बोली, "इसे आले में रख दो।"

उन्होंने उसका मांस आले में रख दिया। थोड़ी देर के बाद वह मांस लोट-पोट कर तोता बन गया और जंगल में उड़ गया।

वह तोता बोलने लगा, "बाप ने पकड़ा, माँ ने हलाल किया, छोटी बहन ने वन में पैदा किया।"

फिर वह गाँव में गया। वह हर घर की मुंडेर पर बैठता और यही कहता,

"बाप ने पकड़ा, माँ ने हलाल किया, छोटी बहन ने वन में पैदा किया।"

उसकी बोली सबको बड़ी मीठी लगती।

एक दिन वह बजाज की मुँड़ेर पर बैठा और बोला, "बाप ने पकड़ा, माँ ने हलाल किया, छोटी बहन ने वन में पैदा किया।"

बजाज की पत्नी को उसकी बोली बहुत मीठी लगी। उसने कहा, "सुआ-सुआ, तुम एक बार फिर से सुना दो।"

वह बोला, "तुम हमें सुंदर कपड़े दो तो मैं फिर से सुनाऊँगा।"

उसने तोते को सुंदर-सुंदर कपड़े दिए।

तोते ने उसे फिर सुनाया "बाप ने पकड़ा, माँ ने हलाल किया, छोटी बहन ने वन में पैदा किया।"

तोता कपड़े लेकर उड़ चला।

फिर तोता सुनार की मुँड़ेर पर बैठा और बोला, "बाप ने पकड़ा, माँ ने हलाल किया, छोटी बहन ने वन में पैदा किया।"

सुनार बोला, "अरे, तुम्हारी बोली तो बड़ी मीठी है। एक बार फिर सुना दो।"

तोता बोला, "अगर तुम हमें खूब सोने-चाँदी के गहने दो तो मैं तुम्हें फिर सुनाऊँगा।"

सुनार ने उसे सोने-चाँदी के गहने दिए।

तोते ने फिर सुनाया "बाप ने पकड़ा, माँ ने हलाल किया, छोटी बहन ने वन में पैदा किया।"

तोता फिर उड़ चला और इस बार लोहार की मुँड़ेर पर बैठा और बोला, "बाप ने पकड़ा, माँ ने हलाल किया, छोटी बहन ने वन में पैदा किया।"

लोहार बोला, "तुम्हारी बोली बहुत मीठी है, एक बार फिर सुना दो।"

सुआ बोला, "अगर तुम मुझे लोहे के दो भाले बना दो तो मैं तुम्हें फिर सुनाऊँगा।"

लोहार ने दो पैने भाले बनाकर उसे दे दिए।

फिर सुआ अपनी मीठी आवाज में बोला, "बाप ने पकड़ा, माँ ने हलाल

किया, छोटी बहन ने वन में पैदा किया।"

सुआ फिर उड़ चला और इस बार अपने माता-पिता के घर की मुँड़ेर पर बैठा और बोला, "बाप ने पकड़ा, माँ ने हलाल किया, छोटी बहन ने वन में पैदा किया।"

वे बोले, "तुम्हारी बोली बड़ी मीठी है, एक बार फिर सुना दो।"

सुआ बोला, "तुम दोनों लेट जाओ, अपना मुँह खोल के रखो, तब सुनाऊँगा।"

वे दोनों खटिया पर अपना मुँह खोलकर लेट गए। सुआ ने दोनों के मुँह में एक-एक भाला डाल दिया और वे मर गए।

फिर तोता उड़कर अपनी बहन के घर गया और उसकी मुँड़ेर पर बैठ गया और बोला, "बाप ने पकड़ा, माँ ने हलाल किया, छोटी बहन ने वन में पैदा किया।"

उसकी बहन बोली, "सुआ-सुआ एक बार फिर सुना दो, तुम्हारी बोली बड़ी मीठी है।"

वह बोला, "तुम अपना कोंछा फैलाओ, तो मैं फिर सुनाऊँगा।"

बहन ने कोंछा फैलाया तो उसने उसमें सोना, गहना, कपड़ा सब डालकर फिर वह बोला, "बाप ने पकड़ा, माँ ने हलाल किया, छोटी बहन ने वन में पैदा किया।" वह कहते हुए वह उड़कर जंगल में चला गया और अपने साथियों के साथ सुखपूर्वक रहने लगा।

□

तुम खिचड़ी म घिउ सानो

—राजेश

एक पंडितजी थे और एक पंडिताइन। वे बहुत गरीब थे। वे भीख माँगकर गुजारा करते थे। पंडिताइन खाने-पीने की बहुत शौकीन थीं। जो कुछ पंडितजी भीख में माँगकर लाते, पंडिताइन वह सब खा-पीकर उड़ा देतीं।

पंडितजी से रोज झगड़ा करतीं, "तुम कुछ करते-धरते नहीं हो, घर में कुछ खाने को नहीं रहता है। मुझे भूखों गुजारा करना पड़ता है।"

इससे पंडितजी बहुत परेशान रहते थे। उन्हें समझ में नहीं आता था कि वे जो भी भीख में माँग कर लाते हैं, वह सब जाता कहाँ है! एक दिन पंडितजी ने ठान लिया कि वे घर में छुपकर सब पता करेंगे कि खाना कहाँ चला जाता है! अगले दिन पंडितजी सुबह-सुबह उठकर तैयार हुए और दिखावे में सामने के द्वार से भीख माँगने निकल गए, पर पिछले द्वार से घर में घुसकर छिप गए।

पंडिताइन को जब लगा कि पंडितजी चले गए हैं तो वह आराम से बैठी और बोली, "मेरे मन, आज तुम क्या खाना चाहते हो?"

उन्होंने स्वयं ही जवाब दिया, "आज तो घी और खिचड़ी खाने का मन कर रहा है।"

फिर उन्होंने खिचड़ी बनाई और घी डालकर आराम से खाई, फिर चादर ओढ़कर सो गई।

शाम को जब पंडितजी घर लौटे तो फिर झगड़ा।

पंडिताइन बोली, "मैं भूखी रहती हूँ। घर में कुछ खाने को नहीं रहता है। तुम कुछ काम-धाम क्यों नहीं करते हो?"

शाम को पंडिताइन ने रूखी-सूखी रोटी बनाई। पंडितजी ने चुपचाप रोटी खाई और सो गए।

अगले दिन फिर पंडितजी उसी तरह घर के बाहर जाने के लिए निकले और पीछे के दरवाजे से घुस कर घर में छुपकर बैठ गए।

पंडिताइन जब निश्चिंत हो गई कि पंडितजी चले गए हैं। तो वह आराम से बैठी और बोली, "मेरे प्यारे मन, आज तुम क्या खाना चाहते हो?"

उन्होंने खुद ही जवाब दिया, "आज तो आम-पूड़ी खाने का मन कर रहा है।"

फिर उन्होंने बाजार से आम मँगवाए, पूड़ी बनाई और जी भरकर आम-पूड़ी खाई। उसके बाद चादर तानकर सो गईं।

पंडितजी जब शाम को लौटकर आए तो फिर वह झगड़ने लगी कि "तुम कुछ करते-धरते नहीं हो, मुझे पेट भर खाने को भी नहीं मिलता है। मुझे ऐसे ही गुजर-बसर करना पड़ता है।"

फिर पंडिताइन ने रूखी-सूखी रोटी बनाई और पंडितजी चुपचाप खाकर सो गए।

तीसरे दिन फिर पंडितजी घर से निकले और पिछले दरवाजे से घर में घुसकर छिप गए। पंडिताइन को जब लगा कि पंडितजी चले गए हैं तो वह आराम से बैठी और बोली, "मेरे दुलारे मन, आज तुम क्या खाना चाहते हो?"

खुद ही जवाब दिया, "आज तो दूध-कुदइया खाने का मन है।"

उन्होंने दूध मँगवाया और जैसे ही वह दूध-कुदइया खाने को बैठी, पंडितजी निकले और खींच के एक डंडा मारा।

पंडिताइन बोली, "हाय राम!"

पंडितजी बोले, "पूड़ी और आम।"

पंडितजी ने दूसरा डंडा मारा।

पंडिताइन बोली, "हाय दैया!"

पंडितजी बोले, "दूध-कुदइया।"

पंडितजी ने तीसरा डंडा मारा।

पंडिताइन बोली, "हाय, यहु तुम कब जानो?"

पंडितजी बोले, "जब तुम खिचड़ी में घिउ सानो।"

□

घासीराम-हुलासीराम

–तारावती

एक दिन घासीराम और हुलासी राम सत्तू बाँधकर नौकरी खोजने चले। दोनों चलते-चलते थक गए पर नौकरी नहीं मिली।

वे दोनों एक जगह सड़क के किनारे आराम करने लगे। उन्हें पास ही एक महल देखा। उस महल की अटारी पर नजर डाली तो देखा कि उसकी मुँड़ेर पर एक नागिन सर पटक-पटककर रो रही थी।

घासीराम ने कहा, "यह देखो, क्या है ? राजा के महल की मुँड़ेर पर एक नागिन अपना सिर पटक-पटककर रो रही है।"

हुलासी राम बोले, "इसके पीछे बड़ा रहस्य है।"

घासीराम बोले, "अच्छा, ठीक है। सुनाओ, क्या रहस्य है ?"

हुलासी राम बोले, "अच्छा सुनो, यहाँ का जो राजा है, वह निर्वंशी है। उसके कोई संतान नहीं है। एक दिन राजा कहीं जा रहे थे, उन्हें देखकर जमादारिन मुँह मोड़कर खड़ी हो गई।"

राजा ने उससे पूछा, "तुम क्यों इस तरह मुँह मोड़कर खड़ी हो ?"

वह बोली, "राजा, तुम निर्वंशी हो। अगर मैं सुबह-सुबह तुम्हारा चेहरा देखूँगी तो मुझे आज खाना नहीं मिलेगा।"

राजा को यह सुनकर बहुत दुःख हुआ। वे बोले, "अच्छा बताओ, तुम्हारे घर में कितने लोग हैं ?"

वह बोली, "दो।"

राजा बोले, "जाओ, तुम मेरे घर से आज तीन खुराक ले जाओ। देखें, तुम्हें कैसे खाना नहीं मिलता है!"

वह राजा के घर गई और तीन खुराक लेकर अपने घर चली गई। जब वह अपने घर पहुँची तो उसने देखा कि उसके घर दो मेहमान आए हुए थे, अतः उसे खाना न मिला।

अगले दिन जब राजा बाहर निकले तो फिर वह जमादारिन मुँह मोड़कर खड़ी हो गई।

राजा ने पूछा, "क्या हुआ? क्या कल तुम मेरे घर से खुराक नहीं ले आई थी?"

वह बोली, "ले आई थी, पर घर में दो मेहमान आ गए तो मुझे भूखा रहना पड़ा।"

राजा बोले, "अच्छा, आज तू पाँच खुराक ले आ।"

वह बोली, "ठीक है।"

वह जमादारिन राजा के घर से पाँच खुराक लेकर अपने घर आ गई। घर पहुँची तो पाया कि चार मेहमान पहले से ही प्रतीक्षारत थे। अतः उसे फिर भूखा रहना पड़ा।

तीसरे दिन जब राजा फिर बाहर निकले तो यही घटना दोहराई गई। राजा बहुत दुःखी हुए और उन्होंने यह घटना अपनी रानी को सुनाई।

रानी ने कहा, "तुम चिंता मत करो। सब ठीक हो जाएगा।"

थोड़े दिनों के बाद रानी ने दाई, धानुक, नाइन सबको बुलवाया और उन्हें बहुत सी सोने की गिन्नी और मोहरें दीं, फिर बोलीं, "जाओ, पूरे शहर में यह खबर फैला दो कि राजा के घर बेटा पैदा हुआ है। परंतु नक्षत्र ऐसे हैं कि अठारह वर्ष की आयु तक उसे कोई देख नहीं सकता। उसका पिता भी नहीं देख सकता।"

दाई, धानुक, नाइन को क्या, उन्हें तो पैसे मिले, अतः उन्होंने चारों तरफ यह खबर फैला दी। रानी पूरे साल उसकी छठी, अन्नप्राशन, मुंडन वगैरह की दावत देती रहीं। उसका जन्मदिन मनाती रहीं। परंतु किसी ने भी उसे कभी नहीं देखा।

समय बीतते-बीतते अठारह साल बीत गए, तब राजा ने कहा, "अब तो राजकुमार की शादी-ब्याह के रिश्ते भी आने लगे हैं। लोगों को क्या बतलाऊँ?"

रानी बोलीं, "ठीक है, रिश्ता तय कर लो।"

राजा ने एक दूसरे राजा की सुंदर कन्या को देखकर उसका विवाह तय कर दिया।

विवाह का समय आया। राजा के बेटे की बरात थी, सो सैकड़ों घोड़े, हाथी, ऊँट, गाजे-बाजे से सजाई गई। जब रस्मों का वक्त आया, तब भी रानी अपने बेटे को सामने नहीं लाईं, अपने आप रस्में करवा लीं।

जब पालकी में बैठने का वक्त आया, तब रानी किसी अन्य लड़के को अपने पल्लू के नीचे छुपाकर ले गईं और जब लोगों की नजर इधर-उधर हुई तो खुद पालकी में बैठ गईं।

बरात चल पड़ी। चलते-चलते जंगल में पहुँची, रात हो गई और बरात वहीं रुक गई। जब सब खा-पीकर सो गए, तब रात के बारह बजे रानी जंगल में चलते-चलते दूर एक बरगद के पेड़ के नीचे पहुँच गईं और उसके नीचे बैठकर खूब जोर-जोर से चीख-चीखकर रोने लगीं।

वहीं पास में एक नाग घूम रहा था। रोने की आवाज सुनकर उसने यह जानने की कोशिश की कि कौन रो रहा है? उसके दिल में दया आ गई, पर उसने सोचा कि अगर वह नाग के रूप में जाएगा तो क्या बात करेगा? उसे देखकर ही वर डर जाएगी, सो उसने एक अठारह साल के लड़के का रूप धारण कर लिया।

वह नाग उस रोती हुई स्त्री के सामने हाथ जोड़कर खड़ा हो गया और पूछा, "माता, तुम क्यों रो रही हो?"

वह बोली, "बेटे, अब तुमने मुझे माता कहा है तो मेरा दुःख दूर करो।"

फिर उसने अपनी पूरी कहानी उसे सुनाई और बोली, "अब तुम मेरा बेटा बनकर अपनी इस पालकी में बैठो और ब्याह करो।"

वह असमंजस में पड़ गया। पर उसने कहा, "अच्छा, हे माते, आप मेरी

प्रतीक्षा करें, मैं अपने परिवार से अनुमति लेकर आता हूँ।"

वह गया और उसने अपने परिवार को पूरी कहानी सुनाई। उसके परिवार को लगा, यदि कोई मुसीबत में है तो उसकी मदद अवश्य करनी चाहिए। उसके परिवार ने उसे एक महीने का वक्त देकर भरे दिल से विदा किया। अब तो रानी बहुत प्रसन्न हुईं। वह पालकी में बैठकर राजकुमारी को ब्याह लाया। शादी में लहकौर की रात में दूल्हे का जूठा दुलहन को खिलाया जाता है। पर राजकुमार रूपी साँप ने अपना झूठा खिलाने से मना कर दिया।

इस तरह समय बीतता गया और एक महीने से ज्यादा वक्त हो गया।

नाग की पत्नी नागिन इस महल में अपने पति की खोज में आई। जब वह ऊपर गई तो उसने देखा कि उसका पति राजकुमारी के साथ सो रहा था।

नागिन ने सोचा कि अगर वह नाग को मारती है तो दोनों विधवा हो जाएँगी, अगर इस स्त्री को मारती है तो उस पर सौत दोष लगेगा। तब से वह परेशान व दुविधा में है। और इसी तरह अपना सिर पटकती रहती है।

इस तरह वह नागिन सिर पटक-पटककर मर गई।

जब नाग और राजकुमारी सुबह उठे और उन्होंने यह दृश्य देखा तो हैरान रह गए। नाग ने राजकुमारी को पूरी सच्चाई से पूरी बात बताई। फिर उन्होंने नागिन का उचित रीति से दाह-संस्कार किया।

वे दोनों खुशी-खुशी रहने लगे।

घासीराम और हुलासी राम सत्तू बाँधकर नौकरी की तलाश में आगे चल दिए। □

भूत-प्रेत की कहानी

–तारावती

एक परिवार में दो लड़के थे। एक में नेकी थी तो दूसरे में बदी। जो छोटा था, उसमें नेकी थी और बड़े वाले में बदी। छोटा सब काम दौड़-दौड़कर करता और बड़ा वाला पड़े-पड़े खाता, कोई काम न करता।

एक दिन नेकी ने बदी से कहा, "चलो, हम दोनों कहीं दूर चलते हैं और कोई काम-धंधा खोजते हैं।"

बदी ने कहा, "ठीक है, चलो, चलते हैं।"

उस घर में एक ही घोड़ा था अतः दोनों घोड़े पर सवार होकर चल दिए। चलते-चलते दोपहर हो गई। दोनों ही भूख-प्यास से बेहाल थे। तभी उन्हें एक बड़ा सा कुआँ और बहुत बड़ा बरगद का पेड़ दिखाई दिया। उस जमाने में बड़े-बड़े कुएँ होते थे।

बदी ने कहा, "क्यों न हम इस कुएँ के किनारे बरगद की छाँव में बैठकर आराम कर लें।"

नेकी ने कहा, "ठीक है भाई, ऐसा ही कर लेते हैं। दोनों वहीं बरगद के पेड़ के नीचे एक चादर बिछाकर बैठ गए।"

बदी बोला, "नेकी भाई, प्यास लगी है, जरा पानी ले आना।"

नेकी तो था ही काम में तेज। वह उठा और बोला, "ठीक है, अभी पानी ले आते हैं।"

वह लोटा और डोर लेकर पानी भरने चल दिया। इधर बदी की नीयत

खराब हो गई। उसने सोचा कि अगर मैं नेकी को कुएँ में धक्का दे दूँ तो यह घोड़ा मेरा हो जाएगा। कुछ काम-धंधा कर लूँगा। वरना इस घोड़े पर हम दोनों का अधिकार है और यह हम दोनों के बीच बँटेगा।

वह दबे पाँव पीछे गया और उसने नेकी को जोर से धक्का दे दिया, फिर आव देखा, न ताव और घोड़ा लेकर भागा-भागा अपने घर लौट आया। उसने सोचा कि नेकी तो मर गया होगा। अतः यह घोड़ा उसका हो गया।

इधर नेकी डूबने लगा, तभी उसकी नजर कुएँ के अंदर तक लटकती बरगद की लटों पर पड़ी तो उसने अपनी जान बचाने के लिए बरगद की लटें पकड़ लीं और उसके सहारे लटक गया। इस तरह वह डूबने से बच गया।

उसने उन लटों को पकड़कर ऊपर चढ़ने की कोशिश की, परंतु कुआँ बहुत बड़ा था, अतः वह ऊपर नहीं पहुँच पाया। तो उसने सोचा कि कोई बात नहीं, रात कुएँ में ही काट देता हूँ, सुबह होते ही निकलने की कोशिश करूँगा।

उस बरगद के पेड़ पर एक भूत और एक प्रेत रहता था। रात के बारह बजे वे आपस में बातें करने लगे।

भूत प्रेत से बोला—

"कुछ बात करो,
कुछ चैन मिले,
कुछ रैन कटे।"

प्रेत भूत से बोला—

"कुछ बात करो,
कुछ चैन मिले,
कुछ रैन कटे।"

प्रेत बोला, "एक राजा का लड़का है, उसे हमने ऐसे पकड़ रखा है कि उसे चाहे जो वैद्य, डॉक्टर, झाड़-फूँक इलाज करें, पर मैं उसे नहीं छोड़ूँगा। वह राजा का अकेला लड़का है, उसे ले आऊँगा।"

भूत बोला, "उसे छोड़ने की विधि क्या है ?"

प्रेत बोला, "विधि तो बहुत आसान है—यदि कोई इस बरगद की छाल

ले जाकर उसे पीसकर पिला दे तो वह ठीक हो जाएगा।"

प्रेत ने पूछा, "भूत भाई, अब तुम भी कुछ सुनाओ।"

भूत बोला, "फलाँ-फँला राजा के राज्य में एक टीला है। उस पर बहुत धन-संपत्ति गड़ी है। मैं उस पर राज्य करता हूँ। जो भी उसे खोदने की कोशिश करता है, मैं उसे पटक-पटककर मार देता हूँ।"

प्रेत ने पूछा, "पर भाई, उसका कोई तो उपाय होगा?"

भूत ने कहा, "प्रेत भाई, उस टीले पर अगर कोई एक बैलगाड़ी में भरकर हलदी व नमक पिसवाकर डलवा दे तो मैं वहाँ से भाग जाऊँगा और वह संपत्ति उसकी हो जाएगी।"

सुबह के चार बजे दोनों—भूत और प्रेत पेड़ छोड़कर जंगल में विचरण करने के लिए जाने लगे।

सुबह हुई तो नेकी का आत्मविश्वास लौट आया और उसने बाहर निकलने का अथक प्रयास किया, अंततः वह सफल हुआ।

उसने बाहर आकर बरगद की छाल निकाली और अपनी ही धोती की फेंट में लपेट ली, फिर राजा के महल की और पैदल ही चल दिया। पूरे दिन चलकर जब वह राजा के महल पहुँचा तो वहाँ चारों तरफ मातम छाया हुआ था। राजा का एकमात्र बेटा मरणासन्न अवस्था में बिस्तर पर लेटा हुआ था। दुनिया भर के वैद्य, डॉक्टर, झाड़-फूँक वाले अपने-अपने प्रयास में लगे थे, परंतु सफलता हाथ नहीं लग रही थी। राजा ने घोषणा करवा दी थी कि पूरे राज्य में जो भी उनके इकलौते पुत्र को ठीक कर देगा, उससे वे अपनी कन्या का विवाह कर देंगे और आधा राज्य-पाट दे देंगे।

तभी नेकी भागा-भागा, थका-हारा, उनके दरवाजे पर पहुँचा।

वह दरबान से बोला, "आप राजा के पास मेरी बात पहुँचा दें कि उनके बेटे को मुझे एक दवाई पिलाने दें तो मैं उसे निश्चित रूप से ठीक कर दूँगा।"

दरबान ने यह खबर राजा के पास पहुँचाई। राजा तो वैसे ही उम्मीद खो चुके थे, उन्होंने कहा, "ठीक है, दवा पिलाने दो।"

नेकी ने अपनी फेंट से बरगद की छाल निकाली और घिसकर राजा के

बीमार बेटे को पिला दी।

तुरंत ही वह चिल्लाने लगा, "अरे, मुझे मत मारो, मुझे मत मारो, मैं तुम्हें छोड़कर जा रहा हूँ।"

राजा के बेटे का पूरा शरीर हिलने लगा। यह दृश्य देखकर सारे वैद्य, डॉक्टर और झाड़-फूँकवाले भाग निकले, क्योंकि राजा ने कहा था कि जो उनके बेटे को ठीक करेगा, उसे इनाम मिलेगा और जो नहीं कर पाएगा उसे सजा मिलेगी।

अब तो राजा का बेटा सामान्य होने लगा। राजा बड़े प्रसन्न हुए। उन्होंने नेकी को अपने महल के अंदर बुलवाया, नहलवाया और नए-नए कपड़े पहनने को दिए।

फिर कुछ दिन बीतने पर अपनी बेटी का नेकी के साथ विवाह कर दिया। अलग से एक महल बनवाकर दिया और आध राज्य-पाट दे दिया।

वे दोनों कुछ दिनों तक खुशी-खुशी रहे, पर एक दिन झगड़े-झगड़े में राजकुमारी ने कह दिया कि तुम तो मेरे पिता पर आश्रित हो। तुम्हारे पास अपना क्या है?

नेकी को बहुत दुःख हुआ। उसने अपनी पत्नी से कहा, "तुम्हें पता नहीं, परंतु मेरे पास इतनी धन-संपत्ति है कि तुम सपने में भी नहीं सोच सकती।"

फिर नेकी ने नौकरों को बुलाकर एक बैलगाड़ी में भर कर हलदी और एक बैलगाड़ी में भर कर नमक मँगवाया। बहुत से लोगों को काम पर लगाकर उसे कुटवाया, फिर उसे उसी भूत के बताए टीले पर ले जाकर डलवा दिया।

बस, भूत भाग गया। नेकी ने आराम से टीला खुदवाया। उसमें सोना, चाँदी, हीरे, जवाहिरात वगैरह निकले।

उसे लेकर वह अपनी पत्नी के पास गया और बोला, "लो यह संपत्ति रखो अपने पास।" राजकुमारी को बड़ा आश्चर्य हुआ, वह बोली, "आपके पास इतनी संपत्ति थी, फिर बतलाया क्यों नहीं?"

नेकी बोला, "क्या बतलाता, सोचा था, समय आने पर बतलाऊँगा।"

इस तरह दिन बीत रहे थे कि एक दिन बदी को यह खबर लग गई कि

कोई लड़का है, जो उसके जैसा दिखता है, पर वह बहुत रईस राजकुमार है।

बदी में लालच आया। वह उसी घोड़े पर सवार होकर फटेहाल उस राजा के राज्य में पहुँचा। जब वह नेकी से मिला तो उसे बड़ा आश्चर्य हुआ। वह तो समझ रहा था कि नेकी मर चुका है।

परंतु नेकी ने उसका अच्छी तरह स्वागत-सत्कार किया, खिलाया-पिलाया, कपड़े तथा धन दिया।

बदी ने पूछा, "नेकी, यह सब तुम्हें कैसे मिल गया?"

तो नेकी ने उसे कुएँ में गिरने से लेकर पूरा किस्सा सुनाया? अब तो बदी को लगा कि उसे भी सबकुछ चाहिए।

बदी ने कहा, "आज मैं भी उसी कुएँ में लटकूँगा।"

नेकी ने कहा, "अगर नहीं मानते हो तो जाओ।"

बदी उसी कुएँ के पास गया और जानबूझकर कुएँ में कूद गया।

रात के बारह बजे फिर भूत और प्रेत ने आपस में बातें शुरू कीं।

प्रेत बोला—

"कुछ बात करो,
कुछ चैन मिले,
कुछ रैन कटे।"

प्रेत बोला, "क्या बताएँ भाई, उस दिन हम दोनों जब आपस में बात कर रहे थे, तब एक लड़का कुएँ में से सुन रहा था और उसने जाकर राजा के लड़के का इलाज कर उसे ठीक कर दिया। मेरा शिकार भी गया।"

प्रेत बोला, "भूत भाई, तुम कुछ सुनाओ।"

भूत बोला, "क्या बताएँ, अपनी भी यही कहानी है। उसी लड़के ने मेरी बात भी सुन ली और सारा खजाना लूट लिया। मैं तो बरबाद हो गया।"

तभी कुएँ के अंदर से कुछ आवाज आई। दोनों ने देखा—एक लड़का कुएँ में बरगद की लटकती हुई लटें पकड़े खड़ा था। दोनों को बड़ा गुस्सा आया।

प्रेत ने अपनी लंबी सी बाँह बढ़ाई और उसे कुएँ से खींचकर बाहर

निकाला और बोला, "वह तुम्हीं हो, जिसने मेरे सारे रहस्य जान लिये। तुम्हीं ने राजा के बेटे का इलाज किया, तुम्हीं ने टीले पर नमक-हलदी डलवाकर हमारा सारा खजाना लूट लिया। मैं तुम्हें नहीं छोड़ूँगा, जान से मार दूँगा।"

बदी गिड़गिड़ाता रहा, "मै नहीं, मेरा भाई था। मुझे मत मारो, मैं बेकसूर हूँ।"

पर उन दोनों ने एक न सुनी और उसकी टाँगें पकड़कर चीर दी और उसे वहीं मारकर फेंक दिया।

जैसी करनी-वैसी भरनी।

□

दयालु राजा और मचवा

—तारावती

एक राजा था। वह बहुत दयालु था। पर उसके राज्य में प्रजा बहुत दुःखी थी। अपने राज्य के लोगों की तकलीफ दूर करने के लिए राजा ने एक उपाय सोचा, 'क्यों न मैं अपने राज्य में एक बाजार लगवा दूँ। जो सामान बिकेगा, वह तो ठीक जो नहीं बिकेगा, वह मैं स्वयं खरीद लूँगा।'

राजा ने अपने राज्य में बाजार लगवाने की मुनादी पिटवा दी। राज्य में बाजार लगने लगा।

राजा शाम को बाजार जाता और बचा-खुचा सामान खुद खरीद लेता।

उसी राज्य में एक बढ़ई रहता था। उसने सोचा कि क्यों न मैं भी कुछ रुपए कमाऊँ।

वह बाग में गया और चंदन के पेड़ के नीचे जाकर खड़ा हो गया और बोला, "चंदन-चंदन क्या मैं तुम्हारे पेड़ की लकड़ियाँ काट लूँ?"

चंदन बोला, "आप लकड़ी तो काट सकते हैं, परंतु उतनी ही काटना जितनी जरूरत हो, न रत्ती भर कम, न रत्ती भर ज्यादा।"

बढ़ई ने कहा, "धन्यवाद चंदनजी! मैं आपकी आज्ञा का पालन करूँगा।"

फिर उसने अपनी कुल्हाड़ी से उतनी ही लकड़ी काटी, जितने की उसे पलंग बनाने के लिए आवश्यकता थी।

बढ़ई ने बड़ी लगन से खूब सुंदर पलंग बनाया, फिर उसे बाजार लेकर गया।

हमेशा की तरह शाम को राजा बाजार में आया। उसने बाजार का बचा-खुचा सब सामान खरीद लिया।

अंत में वह पलंग के पास पहुँचा और बढ़ई से उसकी कीमत पूँछी।

वह हाथ जोड़कर बोला, "सरकार, सौ रुपए।"

राजा ने कहा, "यह पलंग इतना महँगा क्यों हैं? इसमें क्या खास बात है?"

बढ़ई बोला, "महाराज, इसे आप लेकर जाइए और रात भर सोइए, इसकी अजमत जाँचिए, अगर आपको कुछ खास लगता है, तब ही आप मुझे इसका मूल्य दीजिए।"

राजा ने वह पलंग खरीद लिया और उसे अपने विशेष कक्ष में रखा। रात को नौ बजे के लगभग राजा उसी पलंग पर सोने गए।

राजा की आँख लगते ही उस पलंग का एक मचवा बाकी तीन मचवों से बोला, "दोस्तो, मैं बाहर घूमने जा रहा हूँ। तुम लोग पलंग को सँभाले रहना। न पलंग हिलने पाए, न राजा जागने पाए।"

जब वह मचवा घूमने के लिए निकला तो वह राजा की घुड़साल में पहुँचा और उसने देखा कि एक घोड़ा राक्षस बनकर दूसरे घोड़े को खाने जा रहा था। तभी मचवे को किस्सा समझ में आ गया और उसने दे-दनादन, दे-दनादन उस राक्षस को इतना मारा, इतना मारा कि वह राक्षस वहीं मर कर ढेर हो गया, और फिर मचवा वापस आकर राजा के पलंग से लग गया।

उसने अपने दोस्तों को बतलाया कि आज जब मैं घूमने गया तो मैंने देखा की राजा के घुड़साल में एक राक्षस घोड़े के रूप में रह रहा था। वह रात को राक्षस बन कर रोज एक घोड़े को खा जाता था और राजा अपने नौकरों को तरह तरह की सजाएँ देता था कि वह घोड़े गायब कर रहे हैं। आज मैंने उस राक्षस को मार दिया। अगर राजा हमारी बातें सुन रहे हों तो कल जाकर अपनी घुड़साल में देखें, वह राक्षस मरा पड़ा होगा।"

राजा ने मन-ही-मन सोचा कि अगर इसकी यह बात सही होती है तो मैं उस बढ़ई को 100 रुपए और इनाम दूँगा।

कुछ देर बाद दूसरा मचवा बोला, "दोस्तो, अब मैं थोड़ी देर के लिए घूमने के लिए जाऊँगा और आप तीनों पलंग सँभाले रहना। न पलंग हिलने पाए, न राजा जागने पाए।"

तीनों मचवों ने कहा, "ठीक है, तुम जाओ, हम लोग पलंग सँभाले रहेंगे।"

दूसरा मचवा राजा के महल के बाहर घूमने निकला। उसने देखा कि राजा की बेटी एक साधु के साथ प्यार-मोहब्बत कर रही थी। यह देखकर मचवे को बहुत गुस्सा आया। उसने राजा की बेटी की खूब धुनाई की। साधु भाग गया और मचवा वापस आकर फिर पलंग में लग गया। उसने अपने दोस्तों को बतलाया कि आज हमने देखा की राजा की बेटी एक साधु के साथ प्यार कर रही थी, हमने उसकी खूब जमकर पिटाई कर दी। अगर राजा जाग रहे हों और सुन रहे हों तथा उन्हें मेरी बात का विश्वास न हो तो कल अपनी बेटी की पीठ उघाड़कर देखें। उस पर बेतों के निशान पड़े होंगे। राजा ने सोचा कि अगर यह सच निकला तो बढ़ई को कल 100 रुपए और इनाम में दूँगा।

अब तीसरा मचवा बोला, "अब मैं घूमने के लिए जा रहा हूँ। और आप तीनों पलंग सँभाले रहना। न पलंग हिलने पाए, न राजा जागने पाए।"

वो मध्य रात्रि को बाहर निकला और घूमते-घामते शहर के बाहर निकल गया। एक गाँव में पहुँचा तो वहाँ देखा कि एक बुढ़िया एक छटवा भर गुलगुले बना रही थी और रोती जा रही थी।

वह मचवे ने पूछा, "बुढ़िया, बुढ़िया, तुम क्यों रो रही हो ?"

बुढ़िया ने जवाब दिया, "बेटा, हमारे गाँव में एक बाघ रहता है और वह हर रात को छटवे भर गुलगुले और हर घर से एक लड़के को खाता है। आज हमारे घर का नंबर है और मेरा इकलौता बेटा है।"

तो मचवे ने कहा, "आपने मुझे बेटा कहा है तो आप रोइए मत और बतलाइए आप का बेटा कहाँ सोता है। आप गुलगुले रख दो और आप दोनों बाहर चले जाओ। आज मैं बाघ को देखता हूँ।"

उसके बाद वह मचवा उसके बेटे के बिस्तर पर चादर ओढ़कर लेट

गया। बाघ आया, पहले उसने गुलगुले खाए, फिर उसके बाद बेटे के बिस्तर की तरफ गया। जैसे ही बाघ ने बिस्तर में मुँह डाला मचवे ने उसके मुँह पर जोर से मारा। उसने फिर से दोबारा मुँह डाला तो मचवे ने उसे फिर तड़ाक से मारा और मचवे ने उसे तड़ा-तड़, तड़ा-तड़ इतना मारा, इतना मारा कि बाघ वहीं पर मर गया।

मचवा वापस आकर पलंग में लग गया। उसने अपने दोस्तों को सुनाया कि इस गाँव में एक बाघ था, जो हर रोज, हर घर से एक बेटे को मार कर खा जाता था, पर यह राजा कुछ भी नहीं करता था। अगर राजा जग रहा हो और सुन रहा हो तो कल जाकर देखे उस गाँव में, उस बुढ़िया के घर पर बाघ मरा पड़ा होगा।"

राजा ने सोचा कि अगर यह बात सच निकली तो बढ़ई को कल मैं 100 रुपए और इनाम दूँगा।

फिर चौथे मचवे ने कहा, "अब मेरी बारी है। मैं घूमने जा रहा हूँ और आप तीनों पलंग सँभाले रहना। न पलंग हिलने पाए, न राजा जागने पाए।"

लगभग सवेरा होनेवाला था और जैसे ही वह बाहर निकला। उसे एक नाग बहुत तेजी से आता हुआ दिखाई दिया।

उसने नाग से पूछा, "तुम इतनी तेजी में कहाँ जा रहे हो?"

नाग बोला, "मैं राजा के जूते में छिपने जा रहा हूँ, राजा के सुबह उठते ही मैं उसे काट लूँगा और राजा मर जाएगा। आज राजा का आखिरी दिन है।"

यह सुनते ही मचवा तुरंत वापस आ गया और पलंग में लग गया। उसने अपने दोस्तों को बतलाया कि आज सुबह राजा जब जूता पहनेगा तो उसमें बैठा नाग उसे काट लेगा और राजा मर जाएगा। अगर राजा जग रहा है या सुन रहा है तो कल सुबह जूता जाँच ले। यह सुनकर तो राजा घबरा गया, उसने सोचा कि अगर यह सच निकला तो कल मैं बढ़ई को 100 रुपए और इनाम में दूँगा।

राजा जब उठा और उसने अपने नौकरों को बुलाकर जूता जँचवाया तो उसमें सच में साँप बैठा था। राजा के सेवकों ने उस साँप को मार दिया।

फिर राजा घुड़साल में गया तो देखा सच में एक राक्षस मरा पड़ा था।

फिर राजा अपनी बेटी के पास पहुँचा और कहा, "अपनी पीठ दिखाओ।" उसकी पीठ पर सच में चोट के निशान पड़े हुए थे। राजा ने साधु को मरवा दिया।

फिर राजा बुढ़िया के गाँव गया और वहाँ देखा कि बाघ मरा पड़ा था।

राजा महल में वापस आया और बढ़ई को बुलवाया। उसे 400 रुपए इनाम देकर ससम्मान के साथ विदा किया।

□

पंडितजी का पुत्र, कुम्हार की बेटी

—तारावती

एक पंडितजी थे, वे बहुत धनी थे। वे हर पूर्णिमा को भागवत करवाते थे। उनकी पूजा-अर्चना से प्रसन्न होकर एक दिन शंकर भगवान् प्रकट हो गए। वे पंडितजी से बोले, "मैं तुमसे बहुत प्रसन्न हूँ, माँगो, क्या माँगना चाहते हो?"

पंडितजी बोले, "मेरे पास भगवान् का दिया सबकुछ है, परंतु मुझे पुत्र नहीं है। अत: आप मुझे एक पुत्र का वरदान देने की कृपा करें।"

शंकर भगवान् बोले, "मैं ऐसा नहीं कर सकता, यह मेरी सामर्थ्य में नहीं है।"

पंडितजी ने बारी-बारी से ब्रह्मा, विष्णु एवं अन्य देवताओं से भी प्रार्थना की।

सभी ने पुत्र प्राप्ति का वरदान देने में अपनी असमर्थता जताई।

अंत में पंडितजी ने धर्मराज से प्रार्थना की तो उन्होंने कहा कि मैं बारह वर्ष के लिए तुम्हें पुत्र दे सकता हूँ।

पंडितजी सोचने लगे, फिर बोले, "ठीक है, आप मुझे बारह वर्ष के लिए पुत्र दे दीजिए। मैं अपने सब अरमान इन बारह वर्षों में पूरे कर लूँगा।"

पंडितजी की पत्नी गर्भवती हुईं और नौ महीने बाद उन्होंने एक स्वस्थ व सुंदर पुत्र को जन्म दिया।

पंडितजी ने अपने पुत्र के सारे संस्कार—छठी, अन्नप्राशन, मुंडन, जनेऊ

वगैरह खूब धूम-धाम से किए।

जब पुत्र की उम्र ग्यारह वर्ष पूरी हुई तो एक दिन पंडितजी ने पंडिताइन से कहा, "मैं अपने पुत्र का विवाह करना चाहता हूँ।"

पंडिताइन ने कहा, "पंडितजी, इसका विवाह करने से क्या लाभ? हम ऐसा नहीं कर सकते, किसी की लड़की विधवा हो जाएगी।"

पंडितजी फिर भी नहीं माने, झोला-डंडा, लोटा-डोरी और सत्तू लेकर निकल पड़े।

चलते-चलते एक गाँव में पहुँचे। वहाँ एक बड़ा अच्छा बगीचा और कुआँ था। वे सत्तू घोलकर खाने ही जा रहे थे, तभी देखा कि कुएँ पर तीन लड़कियाँ पानी भरने आ रही थीं।

उन्हें देखकर पंडितजी सत्तू खाना भूल गए और उनसे बातें करने लगे। बातों-बातों में उन्हें पता चला कि उनमें से एक लड़की अहीर थी, दूसरी काछी और तीसरी कुम्हार थी।

पंडितजी ने अहीर की लड़की से पूछा, "यदि तुम्हारा पति मर जाए तो तुम कैसे गुजर-बसर करोगी?"

वह लड़की बोली, "बाबा, जब मेरा पति मर जाएगा तो मैं गाय-भैंस पाल लूँगी और दूध-घी बेचकर जीवनयापन कर लूँगी।"

उसके बाद पंडितजी ने काछी की लड़की से पूछा, "बेटी, यदि तुम्हारा पति मर जाए तो तुम कैसे गुजर-बसर करोगी?"

वह बोली, "बाबा, मैं सब्ज़ी-भाजी बोकर और उसे बेचकर जीवनयापन करूँगी।"

फिर पंडितजी ने कुम्हार की लड़की से पूछा, "बेटी, यदि तुम्हारा पति मर जाए तो तुम कैसे गुजर-बसर करोगी?"

वह बोली, "मुझे यह नहीं पता, पर मैं अपने पति को मरने नहीं दूँगी।"

फिर उस कुम्हार की लड़की ने पूछा, "बाबा, क्या आप नहाओगे?"

पंडितजी बोले, "एक बार तो नहा चुका हूँ, पर इतनी गरमी है कि फिर नहा लूँगा।"

वह लड़की बोली, "देखो बाबा, मेरा घड़ा कच्ची मिट्टी का है, परंतु आप कितना भी नहाओ, यह घड़ा फूटेगा नहीं।"

पंडितजी को उसने कई घड़े पानी भरकर नहलाया, परंतु उसका घड़ा ज्यों-का-त्यों रहा।

जब वे सब पानी भरकर चल दीं तो पंडितजी उस कुम्हार की लड़की के पीछे-पीछे चलते हुए उसके दरवाजे पर जाकर बैठ गए। जब उस लड़की ने देखा तो अपनी माँ से बोली, "अम्माँ, यह पंडित कुएँ के पास बैठा था और अब पता नहीं क्यों अपने दरवाजे पर बैठा है!"

अम्माँ बोली, "अरे, पंडित है, भीख माँग रहा होगा, जाकर खुराक दे दो।"

जब वह लड़की खुराक लेकर आई तो पंडितजी बोले, "बेटा, खुराक नहीं चाहिए। मैं एक काम से आया हूँ और काम पूरा करके जाऊँगा।"

उसी गाँव में राजा रहते थे। पंडितजी चूँकि बहुत रईस थे और राजा से जान-पहचान थी उनकी, अतः राजा ने उनका स्वागत-सत्कार किया।

फिर राजा ने पूछा, "कहो पंडितजी, कैसे आना हुआ?"

पंडितजी बोले, "राजाजी, आपसे मेरी एक प्रार्थना है।"

राजा जी बोले, "आप आदेश करें।"

पंडितजी बोले, "मैं अपने बेटे का विवाह आपके शहर के कुम्हार की बेटी के साथ करना चाहता हूँ। अगर आप मेरी मदद करेंगे, तभी यह संभव हो सकेगा।"

राजा ने कहा, "ठीक है, मैं पूरा प्रयास करूँगा।"

राजा ने अगले दिन कुम्हार को बुलवाया। वह डरते-डरते राजा के दरबार में पहुँचा।

हाथ जोड़कर प्रार्थना की, बोले, "राजा साहब, मुझसे क्या गलती हुई, जो आपने बुलवाया?"

राजा ने कहा, "डरो मत, तुमसे कोई गलती नहीं हुई। ये पंडितजी अपने बेटे का विवाह तुम्हारी बेटी के साथ करना चाहते हैं।"

कुम्हार हाथ जोड़कर खड़ा हो गया और बोला, "महाराज, यह कैसे संभव है? ये ब्राह्मण और मैं कुम्हार। यदि मेरी बेटी इनके घर जाएगी तो वहाँ कौन उसका सम्मान करेगा?"

पंडितजी बोले, "आप चिंता न करें, मैं इसे पूरे सम्मान के साथ रखूँगा।"

राजा बोले, "यदि पंडितजी कह रहे हैं तो कर दीजिए।"

फिर भी कुम्हार ने कहा, "मैं अपने घर पर बात करने के बाद ही उत्तर दे सकूँगा।"

कुम्हार अपने घर पर अपनी घरवाली से बात कर ही रहे थे कि बेटी ने उनकी बातें सुन ली।

बेटी बोली, "बाबा, मैं पंडित के बेटे से विवाह कर लूँगी। पंडित भले आदमी लगते हैं। उनका बेटा भी भला होगा!"

कुम्हार बोला, "बेटी, यदि तुम्हारी यही इच्छा है तो ठीक है। पंडित के बेटे से ही तुम्हारा विवाह होगा।"

पंडित ने खूब धूम-धाम से अपने बेटे के विवाह की तैयारियाँ कीं और सही तिथि आने पर खूब धूम-धाम से विवाह किया।

कुम्हार की लड़की ब्याह कर पंडितजी के घर आई।

धीरे-धीरे समय बीतने लगा। जब पंडितजी के बेटे की उम्र छह महीने शेष रह गई, तब पंडितजी ने अपनी बहू को सच्चाई बतलाई।

वे बोले, "बहू, मैं तुम्हारा अपराधी हूँ। मैंने तुमसे सच्चाई छिपाई। अब मेरे बेटे की उम्र सिर्फ छह महीने बची है।"

बहू बोली, "आप चिंता न करें। मैं अपने पति को मरने नहीं दूँगी।"

पंडितजी ने फिर वही प्रश्न किया, "कैसे?"

वह बोली, "यह मैं नहीं बतला सकती।"

जब उसके पति का आखिरी दिन आया तो उसने कोठरी खाली करवाई। उसे लीपा-पोता, बीचोबीच चारपाई डालकर उस पर कालीन बिछाया और अपने पति को उस पर लिटाकर, फिर सिरहाने बैठकर सिर दबाने लगी।

कमरे के बाहर एक लक्कड़ जलवाकर रखवा दिया। चार पहर के लिए

अग्नि देवता को पहरे पर तैनात कर दिया।

जब यमराज उसे लेने आए और जैसे ही दरवाजे पर पहुँचे तो अग्नि देवता बोले, "यमराज, तुम अंदर प्रवेश नहीं कर सकते। अगर तुमने अंदर जाने की कोशिश भी की तो मैं सिर्फ तुम्हें ही नहीं, बल्कि सारे संसार को जला दूँगा।"

यमराज ने सोचा कि चार पहर की बात है, बाहर ही इंतजार कर लेते हैं।

चार पहर बीतने के बाद स्त्री ने फिर चार पहर के लिए जल देवता का पहरा बैठा दिया।

जैसे ही फिर से यमराज अंदर घुसने लगे, जल देवता बोले, "यमराज, तुम अंदर प्रवेश नहीं कर सकते। अगर तुमने अंदर जाने की कोशिश की तो मैं सिर्फ तुम्हें ही नहीं, बल्कि सारे संसार को डुबो दूँगा।"

यमराज ने सोचा कि चार पहर की बात है, बाहर ही इंतजार कर लेता हूँ।

वे फिर इंतजार करने लगे।

चार पहर बीतने पर उसने अन्न देवता का पहरा लगा दिया।

चार पहर बीतने पर जैसे ही यमराज अंदर जाने लगे, अन्न देवता ने कहा, "यमराज, तुम अंदर नहीं जा सकते। अगर तुमने अंदर जाने की कोशिश की तो मैं सिर्फ तुम्हें ही नहीं, बल्कि सारे संसार को भूखों मार दूँगा।"

उन्होंने सोचा कि चार पहर की बात है, बाहर ही इंतजार कर लेता हूँ।

चार पहर बीतने के बाद जैसे ही वह अंदर जाने लगे तो पता चला कि उस लड़के का मरने का समय ही समाप्त हो गया है।

यमराज परेशान होकर भगवान् शंकर के पास पहुँचे और बोले, "अब आप ही कोई उपाय कीजिए, यह काम मेरे वश का नहीं है।"

भगवान् शंकर जब चलने को हुए, तब पार्वतीजी बोली, "मैं भी चलूँगी।"

शंकर भगवान् ने बहुत मना किया, पर वे नहीं मानीं।

जब शंकर-पार्वती वहाँ पहुँचे और उन्होंने वहाँ का दृश्य देखा तो शंकर भगवान् बोले, "मैं तो अंदर नहीं जा सकता।"

शंकर भगवान् पार्वतीजी से बोले, "तुम अंदर चली जाओ।"

पार्वतीजी जैसे ही अंदर पहुँचीं, कुम्हार की लड़की ने उनके पाँव छू लिये।

पार्वतीजी ने उसे आशीर्वाद दिया, "सदा सुहागिन रहो।"

अब तो सब असमंजस में पड़ गए।

फिर उन्होंने अपनी इज्जत बचाने के लिए यह तय किया कि इसे अब जीवनदान दे ही देते हैं।

इस तरह कुम्हार की बेटी ने अपने पति की जान बचाई।

□

कउआ हँकनी

—तारावती

एक गाँव में तीन लड़कियाँ थीं, उनके माता-पिता गुजर गए थे। तीनों की उम्र लगभग दस साल, बारह साल और चौदह साल थी। वे तीनों किसी तरह से यहाँ-वहाँ घरों में काम करके अपना पेट पालती थीं। जब उन्हें समय मिलता तो जाड़े की शाम को इधर-उधर से लकड़ियाँ बीनकर आग तापतीं और आपस में बातें करतीं।

बड़ीवाली कहती, "अगर हमारे माता-पिता जीवित होते तो हम लोगों की शादी कर देते। फिर हम लोगों को अच्छे-अच्छे कपड़े पहनने को मिलते।

मझली कहती, "हाँ दीदी, और फिर हम लोगों को अच्छे कपड़े व गहने भी पहनने को मिलते।"

छोटी कहती, "हाँ दीदी, हम लोगों को खूब अच्छा-अच्छा खाने को भी मिलता, फिर सूरज और चंद्रमा जितने सुंदर हमारे बेटे होते।"

अकसर शाम को तीनों इकट्ठा होतीं और इसी प्रकार की बातें करतीं।

एक दिन राजा शिकार खेलकर लौट रहे थे तो उनके घर के पास ही एक पेड़ के नीचे बैठकर सुस्ताने लगे।

उन्होंने भी इन लड़कियों को बातें करते सुना तो उनकी इच्छा उन लड़कियों से मिलने की हुई। एक दिन राजा सचमुच उनके घर पर मिलने पहुँच गए।

उनके पास राजा के आतिथ्य के लायक कुछ भी नहीं था। छोटीवाली लड़की ने मिट्टी के घड़े से निकालकर मिट्टी के ही बने कुल्हड़ में पानी दिया।

राजा ने उनका आतिथ्य स्वीकार कर लिया।

राजा ने उनसे कहा, "हमने तुम्हारी बातें सुन ली है। मैं तुम तीनों की शादी करवाऊँ।"

राजा ने अपने सेवकों को बुलाया और उन्हें आदेश दिया, "बड़ीवाली लड़की की शादी करने के लिए किसी कपड़े के व्यापारी को खोजो और उसे उसकी शादी करवा दो।"

राजा फिर बोले, "बीच वाली के लिए कोई ऐसा लड़का देखो, जिसके यहाँ कपड़े और गहनों दोनों का व्यापार होता हो।"

तीसरी और सबसे छोटीवाली को राजा अपने साथ अपने राजमहल में ले आए।

बड़ी की शादी कपड़ों के व्यापारी से की गई। मझली की शादी ऐसे घर में की गई, जो कपड़ा व गहना दोनों का व्यापारी था। दोनों की शादी बड़ी धूमधाम से की गई। वे दोनों अपने-अपने घरों में गईं और सुखपूर्वक रहने लगीं।

इधर जब छोटीवाली लड़की अठारह साल की हुई तो राजा ने उससे विवाह कर लिया। समय बीतते-बीतते वह गर्भवती हुई।

जब उसका नौंवा महीना लग गया तो राजा ने महल में आदेश भेजा, "जो भी हो—पुत्र या पुत्री, उसकी खबर उन्हें अवश्य देना।"

बड़ीवाली रानी ने कहा, "जी अवश्य, आपको खबर पहुँचाई जाएगी।"

चूँकि बड़ीवाली रानी की कोई संतान नहीं थी, सो वह चिंता में पड़ गई। उसने सोचा कि मेरी तो कोई संतान नहीं है, अगर छोटी रानी के संतान हो गई तो मेरी तो नाकद्री हो जाएगी।

जब छोटी रानी की जचगी का समय आया तो बड़ी रानी बोली, "हमारे यहाँ का रिवाज है कि जब बच्चा पैदा होने का समय होता है, तब जच्चा की आँखों पर पट्टी बाँध दी जाती है।"

छोटी रानी बोली, "ठीक है।"

बड़ी रानी ने छोटी रानी की आँखों पर पट्टी बाँध दी। जब छोटी रानी

का बच्चा पैदा हुआ, तब बड़ी रानी ने देखा कि वह सचमुच सूरज की तरह सुंदर है, तो बड़ी रानी ने एक बिल्ली का बच्चा मरवाकर छोटी रानी के सामने डलवा दिया और फिर दाई व धनकुनि से कहा कि राजा को खबर भिजवा दो कि छोटी रानी मरा हुआ बिल्ली का बच्चा पैदा हुआ है।

उधर एक और नौकरानी को बुलाकर कहा, "इस बच्चे को बक्से में बंद कर दरिया में फेंक आओ।"

राजा को जब खबर मिली कि छोटी रानी को बिल्ली का बच्चा पैदा हुआ है तो वे बहुत दुःखी हुए। उन्हें लगा कि इसने तो कहा था कि इसके चाँद और सूरज के जैसा बेटा होगा। पर इसने तो बिल्ली के बच्चे को जन्म दिया। अब राजा उदास रहने लगे। उधर वह बक्सा बहते-बहते एक गाँव के किनारे जा लगा। सुबह-सुबह एक पंडितजी लोटा लेकर टट्टी करने जा रहे थे कि उन्होंने वही बक्सा देखा। उन्होंने आव देखा, न ताव और बक्सा खोल दिया। उसमें उन्हें एक बालक दिखाई दिया, जो सूर्य के समान सुंदर था। अब तो पंडितजी टट्टी-पायखाना करना भी भूल गए और उस बक्से को किसी तरह अपने सिर पर रख लिया, फिर घर की ओर डगमगाते पैरों से चल दिए। पंडितजी की उम्र काफी थी अतः उन्हें उसे उठाकर ले जाने में काफी मेहनत करनी पड़ी।

पंडितानी ने जब बालक देखा तो अति प्रसन्न हुई। उनके कोई संतान नहीं थी। उन्होंने कहा, "पंडितजी, हम इसे पाल लेंगे। इससे हमारा सूना घर भर जाएगा।"

पंडितजी बोले, "ठीक है।" फिर तो पंडितानी ने नाइन को बुलवाया उसे खूब धन दिया और बोली, "गाँव भर में खबर कर दो कि पंडित के घर पुत्र का जन्म हुआ है।"

नाइन ने गाँव में खबर कर दी। पंडित के दरवाजे पर बधाइयाँ बजने लगीं।

इधर दिन बीतते गए। राजा का मन बदला। छोटी रानी फिर गर्भवती हुई।

जब उनके बच्चे के जन्म का समय आया तो राजा ने फिर कहा, "जो भी हो मुझे सूचना अवश्य भेज देना।"

बड़ी रानी ने फिर वही किया। बच्चे के जन्म के समय छोटी रानी की आँखों पर पट्टी बाँध दी।

छोटी रानी ने चंद्रमा के समान लड़की को जन्म दिया।

बड़ी रानी ने फिर से अपने सेवकों को आदेश दिया, "इस लड़की को बक्से में बंद कर दरिया में बहा दो।"

इधर दाई से कहा, "राजा से कह दो कि छोटी रानी के कंकड़-पत्थर पैदा हुए हैं।"

दाई ने जब फिर से राजा से कहा कि आपकी छोटी रानी के कंकड़-पत्थर पैदा हुए हैं तो राजा को बड़ा गुस्सा आया। उन्होंने सोचा कि यह बातें तो बहुत बड़ी-बड़ी करती थी कि इसके सूरज जैसा बेटा और चाँद जैसी बेटी होगी, पर पहली बार बिल्ली हुई और दूसरी बार कंकड़-पत्थर।

उन्होंने आदेश दिया, "छोटी रानी को 'कौउआ हँकनी' का काम दिया जाए, इन्हें छत पर रहने दिया जाए और रोज एक किलो जौ खाने के लिए दिए जाएँ।

रानी एक किलो जौ कूट-पीसकर पकाकर खाती और किसी तरह अपने दिन काटती। वह बहुत दयालु थी। अत: उन्हें जो अनाज मिलता, उसमें से वह चिड़ियों और कौओं को भी खिला देती। उन्हें ढेरों चिड़ियाँ और कौए घेरे रहते।

अब छोटी रानी को दिन-रात, धूप, सर्दी, वर्षा में कउआ हँकनी का काम करना पड़ता।

उधर वह बक्सा बहते-बहते फिर उसी गाँव के किनारे जा लगा। फिर वही पंडितजी उसी तरह लोटा लेकर टट्टी करने निकले थे और उन्होंने वह बक्सा देखा।

पंडितजी ने बक्सा खोला तो देखा, उसमें चंद्रमा के समान सुंदर एक बालिका थी, वे उस बक्से को घसीटते हुए अपने घर ले गए। घर ले जाकर जब पंडितानी को दिखाया तो वह बहुत प्रसन्न हो गई।

उन्होंने कहा, "अब तो हमारा परिवार पूरा हो गया।"

पंडितानी ने नाइन को बुलवाया और उससे कहा, "जाओ, पूरे गाँव में खबर कर दो पंडित के घर बेटी हुई है।"

नाइन ने पूरे गाँव में खबर कर दी कि पंडिताइन के घर बेटी हुई है।

दोनों बच्चे पंडित के घर लाड़-दुलार से पलने लगे और गाँव के स्कूल में पढ़ने जाने लगे।

एक दिन दोनों बच्चे बाहर खेल रहे थे कि उन्हें एक चिड़िया बहुत भा गई।

जब उस चिड़िया को उन्होंने पकड़ने की कोशिश की तो वह चिड़िया उड़ते-उड़ते बोली, "मुझे पकड़कर क्या करोगे। मैं तुम्हें एक और चिड़िया के पास ले चलती हूँ, जो मुझसे भी अच्छी है।"

वह उसे पकड़ने के लिए उसके पीछे दौड़ते-दौड़ते एक घने जंगल में पहुँच गए। उस जंगल में पहुंचकर उन्हें समझ में आया कि वे रास्ता भटक गए हैं। वे दोनों रुँआसे हो गए। पर बहन छोटी होकर भी हिम्मती थी, वह भाई को हिम्मत बँधाती रहती। तभी उन्हें तपस्या करते एक साधु-महात्मा दिखाई दे गए। वे तपस्या में इतने लीन थे कि उन्हें अपनी ही सुध-बुध नहीं थी।

उन दोनों बच्चों ने झोंपड़ी में रखी झाड़ू उठाई, फिर महात्माजी के आस-पास फैली गंदगी की सफाई कर डाली और खूब चमका दिया।

महात्मा की जब आँखें खुलीं तो वे यह देखकर बहुत प्रसन्न हुए कि बच्चों ने किस तरह सफाई कर डाली है।

उन्होंने बच्चों को पीने को पानी और गुड़ खाने को थोड़ा सा दिया।

साधु ने बच्चों से पूछा, "तुम लोग यहाँ कैसे आए हो?"

बच्चों ने बतलाया, "हम एक चिड़िया का पीछा करते हुए आप तक पहुँच गए हैं, मुझे आप के पास जो चिड़िया है, वह चाहिए।"

साधु महाराज ने कहा, "तुम्हें कैसे पता कि मेरे पास चिड़िया है?"

भाई बोला, "हमें एक चिड़िया यहाँ लाई है, उसी ने बतलाया कि यहाँ एक बहुत सुंदर चिड़िया है, वह मुझे चाहिए।"

महात्मा बोले, "बेटा, वह बहुत ही खतरनाक चिड़िया है। वह एक गुफा

के अंदर रहती है और जो भी उसे पाने के लिए अंदर जाता है, वह कभी लौटकर नहीं आता।"

भाई बोला, "मैं अवश्य जाऊँगा? वह चिड़िया लेकर आऊँगा।"

महात्मा ने कहा, "वह चिड़िया बेहद डरावनी है। वह है तो चिड़िया, पर भालू, बाघ, गीदड़, शेर सबकी आवाजें निकालती है।"

फिर भी वह डरा नहीं। जब महात्मा ने देखा कि यह किसी भी तरह मानने वाला नहीं है तो महात्मा बोले, "ठीक है, तुम जाओ, परंतु गुफा के अंदर जाने के बाद पीछे मुड़ कर मत देखना। यदि पीछे मुड़कर देखा तो तुम पत्थर के हो जाओगे।"

वह गुफा के अंदर गया। अंदर तरह-तरह की विचित्र भयावह आवाजें तो आ ही रही थीं, साथ-ही-साथ उसमें अँधेरा था।

एक बार कुछ ऐसी आवाजें आईं कि उसने पीछे मुड़कर देख लिया और वह पत्थर का हो गया।

जब वह कई दिन तक बाहर नहीं निकला तो महात्मा और बहन दोनों को चिंता हुई। बहन बोली, "मैं इस गुफा में जाऊँगी और इस चिड़िया को लेकर आऊँगी।"

महात्मा ने कहा, " बेटी इस गुफा से आज तक कोई भी वापस नहीं आया।"

वह बोली, "महात्माजी, आप मेरा विश्वास करें, मैं अवश्य वापस आऊँगी, साथ ही अपने भाई को भी वापस लेकर आऊँगी।"

महात्मा ने कहा, "जैसी तुम्हारी इच्छा। पर बेटी, यह याद रखना कि पीछे मुड़कर मत देखना। मेरा आशीर्वाद तुम्हारे साथ है।"

वह गुफा के अंदर गई। गुफा में शेर, भालू, गीदड़, चीते सभी की तरह-तरह की आवाजें आ रही थीं, पर वह गुफा के अंदर चलती चली गई। उसने पीछे मुड़कर नहीं देखा।

अंत में वह उस चिड़िया के पिंजरे के पास पहुँच गई। वहाँ सब तरफ अँधेरा था। सिर्फ पिंजरे के आस-पास रोशनी थी। उसने पहुँचते ही चिड़िया

की चोंच पकड़ ली। बस, सब आवाजें आनी बंद हो गईं और गुफा में रोशनी आ गई।

जब वह पिंजरे समेत चिड़िया लेकर बाहर आई तो देखा सैकड़ों लोग बाहर खड़े उसकी जय-जयकार कर रहे थे। उनमें उसका भाई भी था। वह गई और अपने भाई के गले मिली।

चिड़िया पर विजय पाने के कारण जितने लोग उस गुफा के अंदर पत्थर में परिवर्तित हो गए थे, वे सब जीवित हो उठे।

अब दोनों भाई-बहन चिड़िया लेकर अपने गाँव लौटे तो देखा, पंडित और पंडितानी का रो-रोकर बुरा हाल था। वे उन दोनों को खोजते-खोजते बदहवास हो गए थे। पर उनका कहीं कोई ठिकाना नहीं मिला।

बच्चों से उन्होंने पूछा, "तुम कहाँ चले गए थे?"

वे बोले, "हम तो चिड़िया लेने गए थे।"

पंडितानी बोली, "अरे, तुम कहते तो हम तुम्हें सैकड़ों चिड़िया पकड़वा देते।"

वे बोले, "मुझे यही चिड़िया चाहिए थी।"

उन्होंने पिंजरा घर में टाँग दिया। पूरे गाँव के लोग उस चिड़िया को देखने आने लगे, जो तरह-तरह के जानवरों की क्या, इनसानों की भी बोलियाँ बोल लेती थी।

पंडित-पंडितानी अपने बच्चों को पाकर इतने प्रसन्न हुए कि उन्होंने यज्ञ करवाने की सोची और उसके लिए अपना गाँव क्या, आस-पास के गाँवों में भी निमंत्रण दे डाला। यहाँ तक कि राजा को भी निमंत्रण भेजा।

अब उस समय ब्राह्मण गरीब हो या अमीर, पर वह राजा के भी ऊपर माना जाता था, सो राजा को भी आना पड़ा।

यज्ञ के बाद भोज का समय आया। अब चाहे राजा हो या रंक सभी को उस दौर में जमीन पर बिठाकर पत्तल पर खाना परोसा जाता था।

सब खाना खाने के लिए बैठे। वहीं नीम के पेड़ पर उस चिड़िया का पिंजरा टँगा था और वह तरह-तरह के गाने गाकर सबका मन बहला रही थी।

तभी किसी ने कहा, "अगर तुम गाना गाने के बजाय कोई किस्सा सुनाओं तो सबका दिल बहलेगा।"

चिड़िया ने कहा, "क्या सुनाऊँ? आप बीती या जग बीती?"

किसी ने उत्तर दिया, "आप बीती तो सबको पता होती है। जग बीती सुनाओ तो कुछ सीखने को मिले।"

चिड़िया ने वही राजा की कहानी शुरू कर दी। "एक राजा था। उसने गरीब घर की लड़की से शादी की। जब उसके संतान उत्पन्न होने को हुई तो बड़ी रानी ने छोटी रानी की आँखों पर पट्टी बाँध दी। राजा से एक बार तो कहलवा दिया कि बिल्ली का बच्चा हुआ है। दोबारा जब फिर बच्चा जनमा तो कहलवा दिया कि कंकड़-पत्थर पैदा हुए हैं। अब बताओं, भला क्या किसी इनसान के भी बिल्ली और कंकड़-पत्थर पैदा होते हैं? राजा भी कितना मूर्ख था, जिसने विश्वास कर लिया। उसी बड़ी रानी ने उन दोनों बच्चों को बक्से में बंद कर दरिया में बहा दिया, जिन्हें इस गरीब व वृद्ध पंडित-पंडितानी ने प्रेमपूर्वक पाल लिया।"

अब तो राजा का यह हाल कि हाथ का कौर हाथ में ही रह गया। उसे वह खा भी न सके। उन्हें अपनी गलती का एहसास हो गया था।

वे उठे, पंडितजी के पाँव छुए और बोले, "आप तो हमारे गुरु और जीवनदाता हैं। ये दोनों बच्चे हमारे हैं, इन्हें मुझे वापस कर दो।" पंडित और पंडितानी, दोनों को मूर्च्छा आ गई।

उन्हें बड़ी मुश्किल से होश में लाए जाते, पर वे फिर बेहोश हो जाते।

राजा ने कहा, "आप चिंता न करें, आप लोग भी हमारे साथ चलेंगे। वहाँ आपके रहने, खाने-पीने, नहाने सबकी व्यवस्था मैं करूँगा।"

पंडितजी बोले, "मैं क्या आपके साथ जाऊँ! हाँ, आप अपनी संतान ले जाएँ।"

राजा साहब ने अपने नौकरों को आदेश दिया कि महल के दरवाजे पर एक खूब बड़ा कुआँ खुदवाया जाए।

वे अपने दोनों बच्चों को लेकर महल पहुँचे।

महल में घुसने से पहले दरवाजे पर एक कुआँ खुदवाकर बड़ी रानी को उसमें डालकर, ऊपर से ढेर सारी मिट्टी डलवाकर उसे बंद करवा दिया।

फिर कउआ हँकनी को राजा ने नीचे बुलाया। उन्हें महल की रानी का स्थान दिया। वे अपने बच्चों से भी मिलीं। वे सब सुखपूर्वक रहने लगे।

जिस चिड़िया का पीछा करते-करते बच्चे चमत्कारी चिड़िया के पास पहुँचे थे, यह उनमें से ही एक चिड़िया थी, जिसे छोटी रानी सिर्फ दाना ही नहीं खिलाती थी, बल्कि एक बार जब वह घायल अवस्था में उसी छत पर पड़ी मिली तो रानी ने उसकी सेवा कर उसे नया जीवन-दान भी दिया था।

□

उड़नखटोला

–तारावती

एक राजा थे। वे बहुत बड़े दानी थे। उनके राज्य में एक गरीब ब्राह्मण थे। उनकी नौ बेटियाँ थीं। वह रोज राजा के दरवाजे पर जाते और राजा उन्हें एक रुपया देते। उस एक रुपए से पंडितजी का गुजर–बसर होता।

पंडितजी की बड़ी लड़की बहुत गुणवती थी।

उसने एक दिन अपने पिता से कहा, "पिताजी, आप राजा से बात करें और उनसे कहें कि अगर वे चाहें तो मैं उन्हें स्वर्ग घुमाकर ला सकती हूँ।"

अगले दिन पंडितजी ने यह बात राजा से कही।

राजा बोले, "यह तो बड़ी खुशी की बात है। मैं कल आऊँगा।"

जब यह बात पंडितजी ने अपने बेटी को बतलाई तो वह बहुत खुश हुई। उसने एक खटोले को उड़नखटोला बनाया। वह इतना छोटा था कि उस पर वह अकेले ही बैठ सकती थी।

अगले दिन राजा पंडितजी के घर मिलने आए। उनका उचित सत्कार किया गया।

पंडितजी की बेटी ने कहा, "महाराज, जब मैं इस उड़नखटोले को थोड़ा सा ऊपर उड़ाऊँ तो आप इसके मचवे से लटक जाएँ।"

उसने उड़नखटोला को थोड़ा सा ऊपर उड़ाया तो राजा उसके मचवे में लटक गए। वे उड़ते–उड़ते बैकुंठ धाम पहुँच गए।

जब बैकुंठ धाम पहुँचे तो उन्होंने देखा कि एक तेली बड़ी बुरी हालत में पड़ा था।

तेली ने राजा से पूछा, "अरे, आप यहाँ कैसे आ गए?"

राजा बोले, "मैं तो घूमने आया हूँ। तुम कैसे हो?"

तेली बोला, "क्या बतलाएँ, मैं मर गया और यहाँ आ गया। मेरे मरते ही मेरी पत्नी दूसरा विवाह करने जा रही है, इसलिए मुझे नर्क में डाल दिया गया।"

राजा ने कहा, "बतलाइए, मैं आपकी कैसे मदद कर सकता हूँ?"

तेली ने कहा, "दरअसल अभी तक मेरी पत्नी ने विवाह नहीं किया है। वह करने की सोच रही है। अगर आप उसे समझाएँ तो शायद वह शादी करने से मना कर दे और मुझे इस नर्क से मुक्ति मिल जाए।"

राजा ने कहा, "ठीक है, ऐसा ही होगा।"

राजा आगे चले। रास्ते में देखा कि एक पंडितजी नर्क में पड़े थे।

राजा ने पूछा, "क्या हुआ, पंडितजी?"

पंडितजी ने कहा, "क्या बताएँ, मैं मरने के बाद यहाँ आ गया, अब न मेरी पत्नी दान-पुण्य करती है। न मेरे बच्चों ने मेरा क्रिया-कर्म किया, न ही उन्होंने गया में जाकर पिंड-दान किया।"

राजा ने कहा, "बतलाइए, मैं आपके लिए क्या कर सकता हूँ?"

पंडितजी बोले, "आप उन्हें समझाएँ कि वे दान-पुण्य करें और मेरा क्रिया-कर्म भी कर दें।"

राजा बोले, "मैं अवश्य कोशिश करूँगा।"

फिर राजा आगे बढ़े तो उन्होंने देखा कि एक महल बन रहा था।

वहीं एक काना पंडित टहल रहा था। उसने राजा को बतलाया कि वह महल एक बड़े ही दानी राजा के लिए बन रहा है।

जब उसकी नजर पंडित कन्या पर पड़ी तो उसने राजा को अलग ले जाकर कहा, "आप इस कन्या से विवाह क्यों नहीं कर लेते। यह आपको रोज ही बैकुंठ की सैर करवाएगी।" राजा को यह बात पसंद आ गई। अब उनकी नीयत भी बदल गई और उनके मन में पाप आ गया।

राजा फिर उड़नखटोले में लटककर वापस धरती पर आ गए।

धरती पर आकर पहले उन्होंने तेली के परिवार को बुलाकर बात की, फिर पंडित के परिवार को उनका सब हाल-चाल उन्हें समझाया। वे दोनों परिवार

वाले मान गए। राजा की बात मानते कैसे नहीं।

तेली की पत्नी ने कहा, "ठीक है, मैं दूसरी शादी नहीं करूँगी। मैं अपना जीवन उनकी याद में काट लूँगी।"

पंडित की पत्नी बोली, "मैं भी दान-पुण्य किया करूँगी।"

पंडित के बेटों ने गया जाकर पिंड-दान करने का वादा किया।

अगले दिन जब पंडितजी राजा के दरबार में भीख माँगने गए, तब राजा ने भीख देने से मना कर दिया। पंडितजी तो सोच रहे थे कि बैकुंठ की सैर के बाद राजा खूब भीख देंगे, पर यहाँ तो उलटा हो गया।

पंडित ने हाथ जोड़कर कहा, "महाराज, यदि मुझसे कोई भूल हुई हो तो दया करें।"

राजा ने कहा, "आपसे भूल नहीं हुई, परंतु यदि आप अपनी बेटी का विवाह मेरे साथ कर दें तो मैं आपको मालामाल कर दूँगा।"

राजा की उम्र को देखते हुए पंडितजी असमंजस में पड़ गए।

राजा से बोले, "मैं अपने घर पर बात कर लूँ, फिर कल आपको बतलाऊँगा।"

राजा ने कहा, "ठीक है।"

अब पंडितजी बड़े उदास-उदास घर पहुँचे। भीख भी न मिली। बेटी ने जब पिता का चेहरा देखा तो सोच में पड़ गई।

उसने पिता से पूछा, "क्या बात है, पिताजी ?"

पंडितजी ने बेटी को सच बतला दिया।

बेटी ने कहा, "पिताजी, आप चिंता न करें। आप राजा से सिर्फ इतना कहें कि मैं आपकी शादी अपनी बेटी से कर दूँगा, परंतु आप एक बार और स्वर्ग की सैर पर मेरी बेटी के साथ जाएँ, ऐसी उसकी इच्छा है।"

पंडितजी ने यही किया। अगले दिन राजा के दरबार में जाकर उन्हें जो बेटी ने कहा था, सब बतला दिया।

राजा बोले, "यह कौन सी बड़ी बात है। मैं जाऊँगा, अवश्य जाऊँगा।"

अगले दिन फिर राजा पंडित के घर पहुँचे। बड़ी बेटी उड़नखटोले पर तैयार बैठी थी।

राजा से बोली, "बस, इसके थोड़ा सा उड़ते ही इसके पाए में लटक जाना।"

राजा ने वैसा ही किया, जैसा कि पंडित की बेटी ने राजा को बतलाया था। वे उड़नखटोले के थोड़ा सा उड़ते ही उसमें लटक गए।

राजा थोड़ी ही देर में चिल्लाने लगे, "अरे, मेरे टखने टूटे जा रहे हैं, अरे, मेरे हाथों में दर्द हो रहा है। मेरे हाथ टूटे जा रहे हैं।"

पंडित की बेटी ने कहा, "जोर से पकड़े रहो, कुछ नहीं होगा, पहुँच जाओगे।"

जैसे-तैसे पंडित की बेटी और राजा बैकुंठ पहुँचे।

वहाँ जाकर देखा तो तेली और पंडित आराम से कालीन पर बैठकर खूब बढ़िया खाना खा रहे थे।

राजा ने देखा तो बोले, "अरे, तुम तो अब आराम से हो, यह सब कैसे हुआ?"

वे बोले, "सब आपकी कृपा है। आपके समझाने पर मेरा परिवार सुधर गया। मुझे मुक्ति मिल गई। यह आपकी कृपा है।"

आगे बढ़े तो देखा कि वह महल गिरवाया जा रहा था।

राजा ने एक मजदूर से पूछा, "यह महल क्यों गिरवाया जा रहा है?"

वह बोला, "सुना है कि यह किसी दानी राजा के लिए बन रहा था, पर अब उसके मन में पाप आ गया है। इसलिए अब इसे गिरवाया जा रहा है।"

यह सुनकर राजा सकते में आ गए।

राजा पंडित की बेटी से बोले, "चलो, वापस चलें।"

राजा उसी उड़नखटोले का मचवा पकड़कर वापस धरती पर उतरे।

राजा ने पंडित और उसकी बेटी से माफी माँगी। उन्हें बहुत सारा दान दिया।

फिर उस काने पंडित को बुलवाया और उसे मरवाकर जमीन में गड़वा दिया।

□

जैसे तुम वैसे हम

–तारावती

एक सुनार था और एक अहीर। उनमें बहुत गहरी दोस्ती थी। अहीर को सुनार के बिना नींद नहीं आती थी और सुनार को अहीर के बिना। लोग कहते कि इनमें दाँत-काटी दोस्ती है।

एक दिन दोनों ने खिचड़ी खाने की सोची। अब सुनार को घी चाहिए और अहीर को दाल-चावल। पैसे दोनों के पास नहीं थे। अब दोनों ने सोचा कि दाल, चावल, घी, अचार—सब खरीदने के लिए कहाँ से जुगाड़ किया जाए।

सुनार ने ताँबा और पीतल लेकर, कूट-कूटकर नकली सिक्का बना लिया। सोचा कि इससे वह सामान खरीद लेगा। वहीं अहीर अपनी पत्नी से बोला, "तुम एक हँड़िया में नीचे गोबर भरो और ऊपर से घी भर दो। मैं इसे बाजार में बेचकर दाल-चावल खरीद कर लाऊँगा।"

दोनों बाजार की ओर चले। अहीर और सुनार दोनों ही रास्ते में टकरा गए। अहीर ने पूछा, "तुम कहाँ जा रहे हो?"

सुनार बोला, "मैं घी खरीदने बाजार जा रहा हूँ।"

फिर सुनार ने अहीर से पूछा, "तुम कहाँ जा रहे हो?"

अहीर बोला, "मैं बाजार में घी बेचकर दाल-चावल लाऊँगा। घी तो मैं बहुत बढ़ियावाला लाया हूँ।"

सुनार बोला, "तो मैं ही तुम्हारा घी खरीद लेता हूँ, बेकार ही बाजार जाऊँगा।"

सुनार ने अहीर को पैसे दिए और घी की हँड़िया लेकर अपने घर की ओर चला गया तथा अहीर दाल-चावल खरीदने के लिए बाजार चल दिया।

सुनार घर पहुँचा और अपनी पत्नी से बोला, "देखो, मैं बहुत अच्छा घी खरीद कर लाया हूँ। बिल्कुल गरम-गरम खिचड़ी बनाओ, मैं नहाकर आता हूँ फिर खाऊँगा।"

कुछ देर बाद सुनार नहाकर आया, तब तक उसकी पत्नी ने खिचड़ी बना ली। सुनार की पत्नी ने सुनार को खिचड़ी परोसी और फिर चम्मच से घी निकालने लगी। जैसे ही चम्मच बाहर निकाला तो देखा कि घी बस ऊपर-ऊपर ही था, नीचे सारा गोबर भरा था।

सुनारिन बोली, "अजी, देखो तो इसमें तो बस ऊपर-ऊपर ही घी है, नीचे सारा गोबर भरा है।"

सुनार ने देखा तो उसे बड़ा गुस्सा आया, बोला, "देखो, दोस्त होकर धोखा दिया।"

उसने जैसे-तैसे बिना घी की खिचड़ी खाई, फिर हँड़िया लेकर दोस्त के घर की तरफ चल दिया। उधर अहीर बाजार में दाल-चावल खरीदने पहुँचा।

दाल-चावल लेकर जैसे ही उसने पैसे दिए तो दुकानदार बोला, "अरे, यह सिक्का तो नकली है।"

अहीर को बड़ा गुस्सा आया, वह बोला, "देखो, दोस्त होकर धोखा दिया।"

वह सुनार के घर की तरफ चल दिया। दोनों आधे रास्ते में ही टकरा गए, फिर झगड़ पड़े।

सुनार बोला, "तुमने दोस्त होकर धोखा दिया, घी की हँड़िया में नीचे गोबर और ऊपर घी भर दिया।"

अहीर बोला, "तुम कौन बड़े भले हो, तुमने भी तो मुझे दोस्त होकर नकली सिक्का दिया।"

लड़ते-लड़ते जब दोनों थक गए तो उन्हें समझ में आया कि दोनों ही झूठे हैं। फिर वे गले मिले, और बोले, "जैसे तुम, वैसे हम।"

सुनार बोला, "अरे, हम तो बड़े अच्छे ठग हैं। हमें तो ठग-विद्या आती है, क्यों न हम दोनों मिलकर ठगी का काम करें।"

उस जमाने में ठगी एक बहुत जाना-माना धंधा था। ठग बड़े बुद्धिमान होते थे। ठग तो आज भी बड़े बुद्धिमान होते हैं, पर आप अलग से उन्हें पहचान नहीं सकते। यह कला आज कुछ बड़ी-बड़ी हस्तियों और व्यापारियों में कूट-कूटकर भरी होती है।

सुनार और अहीर दोनों ही साथ-साथ अपने गाँव से थोड़ी दूर ठगी-विद्या पर अपना हाथ आजमाने चल दिए। एक गाँव के बाहर राजघाट पर उन्होंने देखा कि किसी रईस की मिट्टी (लाश) फूँकी जा रही थी।

सुनार अहीर से बोला, "तुम यहाँ एक गड्ढा खोदकर बैठ जाओ, मैं उस परिवार से मिलने जाता हूँ।"

अहीर गड्ढा खोदकर बैठ गया और सुनार चल दिया। सुनार उस मृत व्यक्ति के घर पहुँचा। वह परिवार रो-धोकर थक गया था और आराम कर रहा था।

सुनार ने दरवाजा खटखटाया, फिर हमदर्दी जताते हुए बोला, "अरे, तुम्हारे पिताजी की मौत हो गई, हमें बड़ा अफसोस है। वे बड़े अच्छे इनसान थे, उन्होंने मुझसे पाँच सौ रुपए उधार लिये थे और कहा था कि वे लौटा देंगे, पर वे पहले ही गुजर गए। उन्होंने आज ही रुपए लौटाने को कहा था।"

उस मृत व्यक्ति का पुत्र बोला, "मेरे पिता तो कभी किसी से उधार लेते ही नहीं थे।"

सुनार बोला, "अगर मेरी बात का विश्वास न हो तो अपने पिता से पूछ लो।"

बेटा बोला, "पिताजी तो मर चुके हैं, वे कैसे बोलेंगे?"

सुनार बोला, "वे इतने सच्चे और ईमानदार इनसान थे कि वे अब भी जरूर बोल देंगे।"

वे दोनों श्मशान घाट पहुँचें, जहाँ अभी उसके पिता की अस्थियाँ ठंडी भी नहीं हुई थीं।

वहाँ जाकर सुनार ने पूछा, "सेठ महाराज, हमारी बात सुनोगे?"

अहीर गड्ढे में से बोला, "हाँ।"

फिर पूछा, "आप हमसे पाँच सौ रुपए लिये थे?"

अहीर बोला, "हाँ।"

बेटे ने सुनार को पाँच सौ रुपए दे दिए।

पाँच सौ रुपए मिलते ही सुनार की नीयत खराब हो गई। जब तक अहीर गड्ढे में से निकलता, वह रुपए लेकर भागा। आगे-आगे सुनार और पीछे-पीछे अहीर। दोनों भागते रहे। मौका पाकर सुनार ने वे रुपए एक पेड़ की खोह में डाल दिए और अपने घर में जाकर छिप गया।

अगले दिन अहीर सुनार के घर गया और दरवाजे की कुंडी खटखटाई। सुनार समझ गया, उसने अपनी बीवी से कहा, "इसे कह दो कि मैं बहुत बीमार हूँ, बचने की कोई उम्मीद नहीं है।"

सुनार की बीवी अपनी आँखों में नकली आँसू भरे बाहर निकली और गुस्से में बोली, "कल तुम उन्हें पता नहीं कहाँ ले गए थे! उनकी तो इतनी तबीयत खराब हो गई कि बचने की कोई उम्मीद नहीं है।"

और वह मगरमच्छ के आँसू रोने लगी। अहीर अपना सा मुँह लेकर अपने घर लौट गया।

अगले दिन अहीर फिर आया और कुंडी खटखटाई। सुनार समझ गया कि अहीर फिर से आ गया है। वह पत्नी से बोला, "इससे कह दो कि मैं मर गया हूँ, पर रुपए के बारे में कुछ न बोलना।"

अब तो सुनार की बीवी ने दहाड़े मार-मारकर राते हुए दरवाजा खोला और बोली, "अरे, तुम पता नहीं मेरे पति को कहाँ ले गए थे, वह तो मर गया। हाय, अब मैं क्या करूँगी?"

यह सुनकर अहीर बोला, "अरे, यह तो बड़े दु:ख की बात है। वह तो मेरा दोस्त है, मैं ही इसका क्रिया-कर्म कर देता हूँ।"

अहीर जानता था कि वह जिंदा है। वह गया और कफन का सफेद कपड़ा ले आया, उसमें सुनार को लपेटकर ठूँठवाले गेहूँ के खेत में ले जाकर उसकी टाँग पकड़कर उसे पूरे खेत में घसीटा, फिर भी सुनार टस-से-मस नहीं हुआ।

अहीर बोला, "अरे, काहे को इतना कष्ट सह रहे हो और अपनी पीठ छिलवा रहे हो। पाँच सौ रुपए हैं, ढाई सौ मुझे दो और बाकी के ढाई सौ रुपए तुम ले लो।"

पर सुनार टस-से-मस नहीं हुआ, उसने आँख न खोली। अब तो रुपए के लिए अहीर का धैर्य समाप्त हो गया। उसने सुनार को पेड़ पर उलटा लटका दिया और पेड़ की डाल पर चढ़कर बैठ गया।

अहीर सुनार से बोला, "कभी-न-कभी तो तुम्हें भूख लगेगी ही, कभी-न-कभी तो तुम थकोगे ही, कब तक ऐसे ही रहोगे?"

दोनों रात भर उसी पेड़ पर रहे।

रात के बारह बजे उसने देखा कि चार चोर राजा का खजाना लूटने जा रहे थे। वे प्रार्थना करने लगे, "हे जिंद बाबा, अगर चोरी सफल रही तो प्रसाद चढ़ाँऊगा। हे पीर बाबा, अगर धन प्राप्त हो गया तो प्रसाद चढ़ाऊँगा।"

उनकी प्रार्थना के बदले ऊपर से अहीर बोला, "हाँ, तुम सफल होगे, पर आधा धन मुझे देना होगा।"

चोरों को लगा कि सचमुच देवता उत्तर दे रहे हैं। अतः उन्होंने वादा कर लिया कि वे आधा माल उन्हें देंगे।

चारों चोरों ने बड़े आराम से चोरी की और वापस उसी पेड़ के नीचे आए और हिस्सा बाँटने लगे।

अब अहीर ऊपर से बोला, "सुनते हो, यह जितना धन लाए हो, सब रख दो, "वरना तुम्हारे बीवी-बच्चे सब मर जाएँगे। मैं सबको मार दूगाँ।"

वे चोर डर गए और सारा माल छोड़कर भाग गए। अहीर अपने सुनार दोस्त से बोला, "अरे, अब तो आँखें खोलकर देखो, कितना माल पड़ा हुआ है! तुमने तो पाँच सौ रुपए के पीछे अपनी दुर्दशा करवा ली।"

तब सुनार ने आँखें खोली और बोला, "कहाँ है?"

अहीर बोला, "नीचे देखो।" सुनार देखकर बहुत खुश हुआ और दोनों ने सारा माल आधा-आधा बाँट लिये, फिर वापस अपने घर जाकर खुशी-खुशी रहने लगे।

□

राजा के बकरी जैसे कान

—पूजा

एक राजा थे। उसके बहुत बड़े-बड़े बकरी के जैसे कान थे, जिसके बारे में किसी को पता नहीं था। वे जब भी बाल कटवाते तो कान ढक लेते थे, परंतु एक दिन नाई ने राजा के कान देख लिये। राज ने नाई से कहा, "अगर तूने यह बात किसी को बतलाई तो मैं तुम्हें जान से मार दूँगा।"

नाई ने बहुत दिनों तक यह बात किसी को नहीं बतलाई, किंतु कुछ दिनों बाद उसका पेट फूलने लगा तो उसने एक पेड़ के पास जाकर यह बात धीरे से कही, "राजा के बकरी जैसे कान।"

यह बात राजा के एक मातहत ने सुन ली और उन्हें बतला दी।

जब यह बात राजा को पता चली तो राज ने नाई को मरवा दिया।

कुछ वर्ष बीतने के बाद राजा के दरबार में कुछ वाद्य-यंत्रों की आवश्यकता हुई तो वही पेड़ कटवाकर मजीरा, तबला, हारमोनियम वगैरह बनवाए गए।

एक दिन सभा लगी। उसमें संगीत का कार्यक्रम रखा गया।

पहले मंजीरा बजा, "किन्ने कही, किन्ने कही?"

ढोल बोला, "भिम्मा नाई ने कही, भिम्मा नाई ने कही, भिम्मा नाई ने कही।"

हारमोनियम बोली, "राजा के बड़े-बड़े कान, राजा के बड़े-बड़े कान, राजा के बड़े-बड़े कान।"

अब तो राजा की पोल सबके सामने खुल गई और वे बहुत शर्मिंदा हुए।

□

चल मेरी लाठी तड़क

—आभा

एक गरीब ब्राह्मण था। वह दिन भर भिक्षा माँगता था और भूखा ही लौट आता था। उसकी बीवी-बच्चे बहुत परेशान थे।

वे बोलते, "पिताजी, आप दिन भर घूमते रहते हैं, पर आपको कोई भिक्षा मिलती ही नहीं, जिससे हम लोगों का पेट भर सके।"

एक दिन बीवी बोली, "ऐसे जीने का कोई फायदा नहीं है। बच्चों को मार देते हैं और हम भी मर जाते हैं।"

ब्राह्मण बोला, "कल मैं तुम लोगों कि लिए अच्छा खाना जरूर लाऊँगा।"

अगले दिन वह भिक्षा माँगने निकला, लेकिन उसे बहुत थोड़ी ही भिक्षा मिली, जिससे वह निराश होकर एक कुएँ के पास बैठ गया। कुएँ के अंदर तीन भूत रहते थे।

ब्राह्मण को थोड़ा-बहुत आटा भिक्षा में मिला था। वह कुएँ के पास बैठा और सोचा कि इतने आटे से घर में तो किसी का पेट भरेगा नहीं और उसने उस थोड़े से आटे की तीन बाँटी लगाई और बोला, "एक खाऊँ, दो खाऊँ या तीनों को खा जाऊँ!"

यह सुनकर कुएँ के भूत डर गए कि अरे! यह तो तीनों को खा जाने की बात कर रहा है। तीनों डर से काँपते हुए कुएँ से निकले और ब्राह्मण से बोले, "आप क्यों हमें खाने की बात कर रहे हैं? आप जो चाहते हैं, वह हम देने को

तैयार हैं, पर आप हमें मत खाओ।"

ब्राह्मण बोला, "मैं गरीब ब्राह्मण हूँ, मेरे घर में खाने-पीने को कुछ नहीं है। अगर मैं इतना थोड़ा सा आटा लेकर जाऊँगा तो घरवाले बहुत दु:खी होंगे, क्योंकि इससे किसी का भी पेट नहीं भरेगा।"

यह सुनकर उन भूतों ने उन्हें एक कड़ाही दी और कहा, "आप इस कड़ाही को घर पर ले जाएँ और जब इस कड़ाही को धोकर कहेंगे— 'कड़ाही-कड़ाही हमें खाने को दो' तो यह कड़ाही तरह-तरह के पकवान आपको दे देगी और आप सभी लोगों का पेट भर जाएगा।"

यह सुनकर ब्राह्मण बहुत खुश हुआ और वह कड़ाही लेकर खुशी-खुशी घर की ओर चल दिया।

रास्ते में उस ब्राह्मण की एक चतुर भाभी का घर था। उसने ब्राह्मण को देखा और पूछा, "देवरजी, आप कहाँ से आ रहे हैं?"

ब्राहमण बोला, "भिक्षा माँगने गया था तो आज भिक्षा में कड़ाही मिल गई।"

भाभी ने पूछा, "कड़ाही का तुम क्या करोगे, तुम्हारे घर में तो खाना बनाने को राशन ही नहीं है।"

ब्राह्मण बोले, "आप एक लोटा पानी लाइए, फिर मैं आपको इस कड़ाही का जादू दिखलाता हूँ।"

उनकी भाभी जल्दी से एक लोटा पानी ले आईं, पंडितजी ने पानी से कड़ाही को धोया और बोले, "कड़ाही-कड़ाही हम लोगों को भूख लगी है, हमें अच्छा-अच्छा खाने को दो।"

कड़ाही ने फटाफट तरह-तरह के व्यंजन बना दिए और उन दोनों ने पेट भर कर खाया।

भाभी लालची थी अत: उसने कड़ाही को चुराने की सोची और पंडितजी से बोली, "आप थोड़ी देर आराम कर लीजिए, फिर घर चले जाना।"

पंडितजी आँखे बंद करके सो गए और भाभी ने कड़ाही बदल दी। जब

पंडितजी उठे और घर चलने को हुए तो भाभी ने होशियारी से दूसरी कड़ाही पंडितजी को दे दी।

पंडितजी जब घर पहुँचे तो बीवी-बच्चे बहुत खुश हुए कि कुछ खाने को मिलेगा और पूछा, "भिक्षा में क्या लाए हैं?"

पंडितजी बोले, "पहले एक लोटा पानी लाओ, आज तुम सभी को पेट भर कर भोजन कराऊँगा।" बच्चे जल्दी से पानी लेकर आए।

पंडितजी ने कड़ाही धोई और बोले, "कड़ाही-कड़ाही बहुत भूख लगी है, हमें स्वादिष्ट खाना दो।"

लेकिन कड़ाही तो नकली थी तो उससे कोई खाना नहीं निकला। यह देखकर घरवाले पंडितजी पर बहुत क्रोधित हुए और उन्हें बहुत भला-बुरा कहा।

अगले दिन पंडितजी फिर भिक्षा माँगने निकले और उन्हें फिर थोड़ा आटा मिला तो वे पुनः उसी कुएँ के पास पहुँचे। वहाँ पर उन्होंने तीन बाँटी लगाई और बोले, "एक खाऊँ, दो खाऊँ या तीनों को खा जाऊँ!"

कुएँ के भूतों ने फिर सुना तो डर कर बाहर आ गए और बोले, "क्या हुआ पंडितजी, कड़ाही ने आपको खाना नहीं दिया क्या?"

पंडितजी ने संकोच में आ कर कुछ नहीं कहा।

भूतों ने उन्हें एक पोटली दी और कहा, "इस पर जल छिड़ककर जब आप कहेंगे—'पोटली-पोटली हमें पैसे दो' तो यह पोटली आपको धन-दौलत देगी।"

पंडितजी पोटली लेकर फिर घर की तरफ आने लगे तो रास्ते में भाभी ने फिर उन्हें देखकर पूछा, "देवरजी, कहाँ से आ रहे हैं?"

पंडितजी ने कहा, "भिक्षा माँगकर घर वापस जा रहा हूँ।"

भाभी बोली, "घर दूर है, आप आकर भोजन और आराम कर लें, फिर घर चले जाना।"

पंडितजी वहाँ रुक गए। तो भाभी ने लालचवश पूछा, "आज भिक्षा में क्या मिला?"

पंडितजी ने कहा, "आप एक लोटा पानी ले आओ, फिर मैं आपको दिखाता हूँ।"

वह पानी लेकर आ गई। पंडितजी ने पोटली पर पानी छिड़ककर बोला, "पोटली-पोटली हमें पैसे दो।"

तो पोटली से काफी सारा धन निकल आया। यह देखकर भाभी को फिर लालच आया। उन्होंने पंडितजी से कहा कि आप आराम कर लीजिए, फिर घर चले जाना।

जैसे ही पंडितजी सोए, भाभी ने पोटली बदल दी। जब पंडितजी उठे तो उन्हें दूसरी पोटली देकर विदा कर दिया।

पंडितजी घर पहुँचे तो देखा बच्चे भूख से रो रहे थे। यह देखकर पंडितजी ने कहा, "एक लोटा पानी दो और आज मैं तुम सबको रुपए दूँगा, जिससे सभी लोग तरह-तरह के पकवान खरीदकर खा सकेंगे।"

बच्चे बहुत खुश हुए और उन्हें लोटे में भर कर पानी दिया। पंडितजी ने पोटली पर जल छिड़का और कहा, "पोटली-पोटली पैसे दो।" लेकिन पोटली से पैसे नहीं निकले, क्योंकि वह तो नकली पोटली थी। यह देखकर घरवाले पंडितजी पर बहुत गुस्सा हुए और उन्हें घर से निकाल दिया।

अगले दिन पंडितजी फिर भिक्षा माँगने निकले और फिर उन्हें थोड़ी सी भिक्षा मिली। वे फिर उसी कुएँ के पास पहुँचे। वहाँ पर उन्होंने तीन बाँटी लगाई और बोले, "एक खाऊँ, दो खाऊँ या तीनों को खा जाऊँ!"

कुँए के भूतों ने फिर सुना तो बाहर आ गए और बोले, "क्या हुआ पंडितजी, आप तो लालची होते जा रहे हैं। क्या पोटली से भी आपका मन नहीं भरा?"

पंडितजी ने दु:खी मन से उन्हें सब कहानी बता दी।

यह सुनकर भूतों ने पंडितजी की भाभी को सबक सिखाने की ठानी और पंडितजी को एक लाठी दी और बोले, "इस लाठी पर जल छिड़ककर जब आप बोलेंगे—'चल मेरी लाठी, तड़क' तो यह लाठी मारना शुरू कर देगी और जब आप बोलेंगे—'चल मेरी लाठी, ठहर' तो यह रुक जाएगी।"

पंडितजी उस लाठी को लेकर वापस आने लगे तो रास्ते में फिर भाभी ने उन्हें रोक लिया और पूछा, "आज भिक्षा में क्या मिला," तो पंडितजी ने वह लाठी उन्हें दिखाई।

उन्होंने फिर पूछा, "इस लाठी में ऐसा क्या खास है?"

वे बोले, "पहले एक लोटा जल लेकर आओ।"

भाभी जल लेकर आईं और पंडितजी के सामने बैठ गईं कि लाठी से कुछ जादू दिखाएँगे। पंडितजी ने लाठी पर जल छिड़का और बोला, "चल मेरी लाठी, तड़क।"

तुरंत उस लाठी ने भाभी को मारना शुरू कर दिया।"वे चिल्लाने लगीं और इधर उधर भागने लगीं, पर वह लाठी नहीं रुकी।

तो उन्होंने पंडितजी से विनती की कि इसे रोको, तो पंडितजी ने कहा, "पहले मेरी कड़ाही और पोटली वापस करो।" जब भाभी ने उनको कड़ाही और पोटली वापस कर दी तो पंडितजी ने कहा, "चल मेरी लाठी, ठहर।" और लाठी वहीं पर रुक गई।

पंडितजी वहाँ से कड़ाही व पोटली लेकर घर आए और बच्चों से पानी माँगा। जब बच्चों ने पानी दिया तो कड़ाही को धोकर पंडितजी ने कहा, "कड़ाही-कड़ाही भूख लगी है, खाने को दो।"

तो कड़ाही से ढेर सारा पकवान व मिष्टान्न निकले और पूरे घर ने खूब पेट भर कर खाया।

उसके बाद पंडितजी ने पोटली से कहा, "पोटली-पोटली पैसे दो।" तो पोटली से ढेर सारे पैसे निकले और उन पैसों से उन लोगों ने अच्छे-अच्छे कपड़े खरीदे। अब वे सभी खुशी-खुशी रहने लगे।

जैसे इनके दिन बहुरे, सबके दिन बहुरे।

□

पंडित और नारद

–तारावती

एक पंडित थे। उनके पास एक ही खेत था, जिसमें उन्होंने गेहूँ बोए थे। उस साल फसल बहुत अच्छी हुई थी। पंडितजी अपनी फसल देखकर फूले नहीं समाते थे। अतः रोज सुबह–सुबह लोटा लेकर दिशा मैदान को अपने खेत की तरफ जाते। वे अपनी फसल देख–देखकर खुश होते। मन–ही–मन कहते, 'इस साल तो बड़ी अच्छी फसल हुई है।'

एक बार रात को बारह बजे विष्णु भगवान् और नारद मुनि घूमने निकले। विष्णु भगवान् आगे–आगे और नारद मुनि पीछे–पीछे। नारद मुनि ने देखा और सोचा कि यह तो बहुत अच्छी फसल तैयार हो रही है। उनके मन में लालच आ गया, उन्होंने एक बाली तोड़ी और अपनी हथेली पर मीसकर गेहूँ के अधकच्चे दाने खा लिये।

विष्णु भगवान् बोले, "अरे, फसल तो बड़ी अच्छी हुई है।"

नारद मुनि बोले, "हूँ।" उनके मुँह में गेहूँ के दाने भरे हुए थे।

विष्णु भगवान् बोले, "नारद, ये हूँ क्या है ? क्या तुम्हारे मुँह में कुछ भरा हुआ है ?"

नारद मुनि ने आधे चबाए गेहूँ निगल लिये और बोले, "हाँ, हमने एक गेहूँ की बाली तोड़कर उसके गेहूँ खा लिये।"

विष्णु भगवान् बोले, "चलो, एक और बाली तोड़ो।"

नारद मुनि भला विष्णु भगवान् की बात कैसे न मानते। उन्होंने एक और बाली तोड़ ली।

विष्णु भगवान् बोले, "इसे मीसकर इसके दाने निकालो।"

नारद मुनि ने बाली हथेलियों के बीच मीसी और भूसी मुँह से फूँककर दाने निकालकर हथेलियों पर रख दिए।

विष्णु भगवान् ने कहा, "अब इन्हें गिनो।"

नारद मुनि ने गेहूँ के दाने गिने और बोले, "बत्तीस हैं।"

विष्णु भगवान् ने कहा, "नारद, तुमने किसान के खेत से चोरी की है और यह पाप है। अब तुम्हें बत्तीस वर्षों तक पंडित की सेवा करनी पड़ेगी।"

यह कहकर विष्णु भगवान् तो अंतर्धान हो गए और नारद मुनि भौचक्के खड़े रह गए। थोड़ी ही देर में कुछ चोर आए और उन्होंने पूरा-का-पूरा हरा भरा खेत काट डाला। सिर्फ कुछ पौधे वहाँ पर बच गए, जहाँ नारद मुनि बैठे-बैठे सो रहे थे।

तभी नारद मुनि की नींद खुली और जब उन्होंने देखा कि पूरा-का-पूरा खेत कटा पड़ा है, तब वे जोर-जोर से चिल्लाने लगे, "कौन है, कौन है?"

इतना सुनकर चोर भागे। उन्होंने सोचा कि मालिक आ गया है। अब चोर आगे-आगे और नारद मुनि अपना कमंडल सँभाले पीछे-पीछे।

नारद बोले, "रुक जाओ, रुक जाओ!"

चोर बोले, "नहीं रुकूँगा, तुम मुझे मारोगे।"

नारद बोले, "नहीं मारूँगा, रुक जाओ।"

चोर रुक गए। नारद ने कहा, "देखो, मैंने गेहूँ की एक बाली खाई तो हमें बत्तीस साल तक किसान की सेवा करने का श्राप मिला है। सोचो तुम्हारा क्या हाल होगा?"

चोर बोला, "महाराज, आप ही बतलाएँ कि हमें क्या करना है।"

नारद मुनि ने कहा, "तुम इन गेहुँओं में आग लगा दो।"

उनमें से एक पड़ोस के गाँव में गया। बाहर अधजले अलाव से आग लाया और खेत में आग लगा दी। पूरा खेत जल गया। अध पके गेहूँ भुनकर पूरे खेत में झड़ गए।

तभी हंस-हंसनियों का एक बहुत बड़ा झुंड उधर से उड़ता हुआ निकला।

उन्होंने खेत में भुने हुए गेहूँ के दाने देखे। वे सब खेत में उतर आए और गेहूँ के भुने दाने चुगने लगे। वे जितने गेहूँ के दाने चुगते, उतने ही मोती-हीरे-जवाहिरात में बदल जाते।

सुबह जब रोज की तरह किसान लोटा लेकर दिशा मैदान के लिए निकला और अपने खेत की तरफ से गुजरा तो उसने देखा कि पूरा खेत तो जल गया है। वह तो वहीं मूर्च्छित होकर गिर पड़ा। नारद मुनि ने अपने कमंडल से पानी लेकर उसके मुँह पर छींटे मारी तो उसे होश आया। तब फिर उसने खेत की तरफ देखा। उस राख में कुछ चमकता हुआ नजर आया। पंडितजी उठकर खेत के पास गए तो देखा कि मोती-हीरे-जवाहिरात भरे पड़े हैं। वे तो खुशी से पागल हो गए और एकदम से बटोरने लगे।

नारद मुनि बोले, "पंडितजी, धीरज रखिए, सब आपका ही है।"

पंडितजी जब शांत हुए तो नारद मुनि ने उन्हें पूरी कहानी सुनाई। पंडितजी से क्षमा माँगी और अपनी मुक्ति की प्रार्थना की।

पंडितजी ने सहर्ष उन्हें मुक्त कर दिया। नारदजी अपना कमंडल लेकर किसी अन्य लोक की ओर चल दिए।

□

चंदन का कोयला

–पारस नाथ

बहुत समय पहले की बात है। राजशाही का जमाना था। एक दिन एक राजा शौकिया शिकार खेलने निकला। वे जंगल में बड़े शिकार की खोज में अंदर की ओर चलते चले गए। बड़ा शिकार तो कोई मिला नहीं, पर शाम हो गई। वे भूख और प्यास से बेहाल हो गए। तभी उन्हें जंगल में एक झोंपड़ी दिखाई दी। वे उस झोंपड़ी के दरवाजे पर पहुँचे। दरवाजा खटखटाए तो अंदर से एक कमजोर बूढ़ा व्यक्ति बाहर निकला।

उससे राजा ने कहा, "मुझे बहुत प्यास लगी है, पानी दे दो।"

वह बूढ़ा व्यक्ति अंदर गया और लोटे में पानी लेकर राजा को पिलाया। फिर राजा को बैठने के लिए चारपाई दी और राजा के सैनिक, जो शिकार में जानवर लाए थे, उसे पकाकर सबको खिलाया।

राजा जब खा-पीकर थोड़ा तृप्त हुए, तब उन्होंने उस आदमी से बातचीत शुरू की।

उन्होंने उससे पूछा, "तुम अपनी गुज़र-बसर के लिए क्या करते हो?"

वह बोला, "कई पीढ़ियों से हम लोग लकड़ी काटकर बेचते रहे हैं और अपना गुजर-बसर करते रहे हैं। पर अब मैं बूढ़ा हो गया हूँ, मुझसे अब लकड़ी का गट्ठर ढोया नहीं जाता तो मैं लकड़ी जलाकर उससे कोयला बना लेता हूँ, जो हलका हो जाता है, जिसे मैं आराम से शहर में बेचता हूँ।

उससे मुझे उतने ही पैसे मिलते हैं, जितने लकड़ी के बड़े गट्ठर को बेच कर मिलते थे।"

राजा ने अगली सुबह चलते-चलते उससे कहा, "मैं तुम्हारे यहाँ एक रात रुका हूँ तो तुम अगली बार जब शहर आओ तो मेरे महल में मेहमान बनना।" यह कहकर राजा अपने दल-बल के साथ वापस लौट गए।

कुछ दिनों के बाद वह बूढ़ा व्यक्ति जब कोयला लेकर शहर में बेचने गया तो उसे राजा की बात याद आई और वह राजा से मिलने महल के द्वार पर पहुँच गया। राजा के द्वारपालों ने उसे अंदर आने दिया, क्योंकि राजा ने उनको आदेश दिया था कि अगर कोई कोयला बेचनेवाला आए तो उसे अंदर आने देना।

अंदर जाने पर राजा ने उसकी खूब आवभगत की और फिर उससे कहा, "तुम बूढ़े और कमजोर हो गए हो, अब जंगल में वापस मत जाओ। मैं तुम्हें शहर में रहने की जगह दे दूँगा।"

राजा के पास एक चंदन का बाग था, उन्होंने उसी बाग में उस वृद्ध दंपती को ठहराया और बोले, "अब तुम यहाँ आराम से रहो, तुम्हें कोई कष्ट नहीं होगा।" वृद्ध दंपती वहाँ रहने लगे। राजा अपने राज-काज में व्यस्त हो गए। उन्हें कुछ वर्षों के बाद अपने चंदन के बाग को देखने का बहुत मन हुआ और साथ ही राजा ने सोचा कि उस वृद्ध दंपती से मुलाकात भी हो जाएगी। जब वे बाग में पहुँचे तो उन्हें देखकर बहुत दुःख हुआ कि सारा बाग उजड़ा पड़ा था।

राजा को बहुत गुस्सा आया। वे उस बूढ़े से बोले, "तुमने इस बाग का क्या हाल बना रखा है। यह बाग कैसे उजड़ गया?"

वृद्ध दंपती डर से काँपने लगा और हाथ जोड़कर बोला, "महाराज, मुझे आपने जीवन-यापन के लिए लकड़ी जलाकर कोयला बेचने के सिवाय और कोई काम नहीं आता, अतः हमने अपने जीवकोपार्जन के लिए लकड़ियाँ काटकर जलाई और कोयला बनाकर बेच दिया।"

राजा अपना माथा पकड़कर बैठ गए और बोले, "अरे मूर्ख, यह चंदन

का बाग था। अगर हर महीने तुम एक डाली काटकर बेचते तो भी तुम्हारा गुजर-बसर हो जाता।" यह सुनकर वह बूढ़ा राजा के पैरों पर गिर गया और क्षमा माँगने लगा।

राजा ने उसकी अज्ञानता के लिए उसे क्षमा कर दिया, परंतु फिर उसे उसी जंगल में रहने के लिए वापस भेज दिया, जहाँ से वह आया था। □

मेढक-बैल की रखवाली

–शशि

एक ब्राह्मण था। उसकी दो पत्नियाँ थीं। एक पत्नी को एक लड़का हुआ और दूसरी पत्नी को एक लड़की हुई। जिस पत्नी की लड़की हुई, उसे दूसरी पत्नी से ईर्ष्या होने लगी, सो उसने क्या किया कि लड़के को उठाकर तालाब में गाड़ दिया और उसकी जगह एक मेढक लाकर पत्नी के पास रख दिया और शोर मचा दिया, "अरे देखो, अरे देखो, इसने तो मेढक को जन्म दिया है।"

जब ब्राह्मण ने देखा तो मेढक फिंकवा दिया। कहा, "मेढक का क्या करेंगे?"

पर वह मेढक कूदकर उनके घर की नाली में छिप गया।

एक दिन वह परेशान हो हुइ, क्योंकि दो बज गए थे और ब्राह्मण खेत से वापस नहीं आए थे।

उसने कहा, "अरे, अगर मेरा बेटा होता तो अपने दादा को खेत पर जाकर खाना और शरबत-पानी दे आता।"

तब वह मेढक आँगन में आकर बोला, "अम्माँ मैं जाकर दादा को बुला लाता हूँ।"

वह दादा को बुलाने खेत पर पहुँचा और बोला, "दादा, तुम घर खाना खाने जाओ, मैं बैलों की रखवाली करूँगा।"

दादा बोले, "तुम इतने छोटे हो कि तुम्हें तो कोई भी एक ईंट के नीचे

दबाकर बैलों को ले जाएगा।"

मेढक ने पूरे आत्मविश्वास के साथ कहा, "नहीं दादा, तुम घर जाकर खाना खाओ, अम्माँ परेशान हो रही हैं। मैं बैलों की रखवाली करूँगा।"

वह ब्राह्मण खाना खाने चले गए और मेढक वहीं बैठकर बैलों की रखवाली करने लगा।

उधर से राजा की बरात निकली। वे यह दृश्य देखकर हँसने लगे और बोले, "देखो-देखो, मेढक बैलों की रखवाली कर रहा है।"

उन्होंने मेढक को ईंट के नीचे दबा दिया और बैल लेकर चलने लगे।

मेढक किसी तरह ईंट के नीचे से निकलकर अपने घर गया और अपने दादा से बोला, "राजा के बराती हमारे बैल चुरा ले गए।"

दादा ने कहा, "मैंने तुम्हें मना किया था, पर तुम नहीं माने।"

मेढक बोला, "दादा, परेशान मत हो, मैं तुम्हारे बैल लेकर आऊँगा।"

वह बैल लेने के लिए चल पड़ा।

रास्ते में चलते-चलते उसे एक चींटी मिली, चींटी ने कहा, "मेढक दादा, मेढक दादा, तुम कहाँ जा रहे हो?"

मेढक बोला, "राजा के बराती मेरे बैल ले गए, उन्हें वापस लाने जा रहा हूँ।"

चींटी बोली, "मुझे भी साथ लिये चलो।"

मेढक ने कहा, "आओ, तुम मेरे कान में बैठ जाओ।"

चींटी उसके कान में बैठ गई। उसके बाद मेढक फिर आगे बढ़ा।

रास्ते में उसे भेड़िया मिला।

भेड़िया बोला, "मेढक दादा, मेढक दादा, तुम कहाँ जा रहे हो?"

मेढक बोला, "राजा के बराती मेरे बैल चुरा ले गए हैं। मैं अपने बैल वापस लेने जा रहा हूँ।"

भेड़िया बोला, "मुझे भी अपने साथ लिये चलो।"

मेढक बोला, "आओ, तुम मेरे कान में बैठ जाओ।"

भेड़िया उसके कान में बैठ गया।

मेढक फिर आगे चला।

रास्ते में उसे गंगा नदी मिली।

गंगा नदी ने पूछा, "मेढक भाई, मेढक भाई, तुम कहाँ जा रहे हो?"

मेढक ने जवाब दिया, "राजा के बराती मेरे बैल चुरा ले गए, मैं अपने बैल वापस लेने जा रहा हूँ।"

गंगा नदी बोली, "हमें भी साथ लिये चलो।"

मेढक ने कहा, "चलो, तुम भी चलो। मेरे कान में बैठ जाओ।"

गंगा नदी भी मेढक के कान में बैठ गई।

फिर मेढक आगे बढ़ा। रास्ते में चलते-चलते उसे एक शेर मिला।

शेर बोला, "मेढक भाई, कहाँ जा रहे हो?"

मेढक बोला, "क्या बताएँ, राजा के बराती मेरे बैल चुरा ले गए, उन्हें ही वापस लेने जा रहा हूँ।"

शेर ने कहा, "अगर तुम्हें एतराज न हो तो मुझे भी साथ ले चलो।"

मेढक बोला, "शेर भाई, चलो, तुम भी चलो मेरे साथ। मेरे कान में बैठ जाओ।"

शेर भी मेढक के कान में बैठ गया।

मेढक चलते-चलते राजा के दरवाजे पर पहुँचा। राजा ने देखा तो उन्हें बड़ा आश्चर्य हुआ। वह बोला, "अरे, यह तो पीछा करते-करते मेरे दरवाजे तक पहुँच गया।"

राजा ने अपने सेवकों को आदेश दिया, "इसे गाँव के बाहर बठिया में थोप दो और आग लगा दो।"

राजा के सेवकों ने उसे गाँव के बाहर ले जा कर उसे बठिया में थोप दिया और ऊपर से आग लगा दी।

मेढक बोला, "चल मेरी चलनी, फटक्को सूप, देखें गंगा मैया तेरी करतूत।"

गंगा मैया निकलीं और उन्होंने आग बुझा दी।

मेढक बच गया।

अगले दिन राजा के सेवकों ने देखा और बोला, "अरे, यह मेढक तो जिंदा है।"

उन्होंने राजा के पास जाकर कहा, "मेढक तो जिंदा है।"

राजा बोले, "इसे बकरियों के बीच डाल दो, मर जाएगा।"

राजा के सेवकों ने उसे बकरियों के बीच डाल दिया।

मेढक बोला, "चल मेरी चलनी, फटक्को सूप, देखें भेड़िया भैया तेरी करतूत।"

भेड़िया उसके कान से निकला और सब बकरियाँ खा ली।

अगली सुबह फिर राजा ने सेवकों ने देखा कि मेढक तो जिंदा है।

सेवक फिर राजा के पास गए और बोले, "महाराज, मेढक तो जिंदा है।"

राजा ने चिंतित स्वर में कहा, "इसे हाथियों के बीच डलवा दो।"

सेवकों ने मेढक को हाथियों के बीच डलवा दिया।

मेढक बोला, "चल मेरी चलनी, फटक्को सूप, देखे चींटी रानी तेरी करतूत।"

चींटी निकली तथा उसने सब हाथियों की सूँड़ों में काट लिया और सब हाथी मर गए।

अगले दिन फिर राजा के सेवकों ने देखा कि मेढक तो जिंदा है।

सेवक राजा के पास गए और बोले, "महाराज, मेढक तो जिंदा है।"

तो राजा ने कहा, "इसे जानवरों के बाड़ में डाल दो।" सेवकों ने ले जा कर उसे जानवरों की बाड़ में डाल दिया।

अब तो मेढक को गुस्सा आ गया और और वह बोला, "चल मेरी चलनी, फटक्को सूप, शेर राजा देखें तेरी करतूत।"

अब तो बस शेर को आदेश की जरुरत थी, वह ऊँट, घोड़े, बैल, भैंस सब खा गया।

अगले दिन फिर राजा के सेवकों ने राजा को सूचना दी कि मेढक अभी भी जिंदा है।

अब तो राजा बड़े परेशान हुए और बोले, "यह तो हमारा पूरा राज्य बरबाद कर देगा।"

वे अपने सैनिकों से बोले, "इसके बैल वापस करो और इसे जाने दो।"

सेवकों ने उसके बैल लाकर उसे वापस किए और वह खुशी-खुशी अपने घर वापस चला गया।

□

मंदबुद्धि लड़का

–तारावती

एक लड़का कम बुद्धि का था। काफी बड़ा होने के बावजूद वह बच्चों के साथ खेलता रहता था। एक दिन उसे न जाने क्या सूझी कि वह अपनी माँ से बोला, "माँ, मेरी शादी करवा दो।"

माँ को पता तो था कि उसका बेटा मंदबुद्धि है, परंतु माँ ने सोचा कि शायद यह शादी के बाद ठीक हो जाएगा। माँ ने पड़ोस के गाँव से लड़की खोजकर उसकी शादी करवा दी। लड़की जब घर आई और उसने पाया कि लड़का तो मंदबुद्धि है। वह अपने गाँव गई तो फिर लौटकर वापस नहीं आई।

जब काफी दिन बीत गए तो लड़के ने माँ से जिद की, "मैं अपनी दुलहन को विदा करवाने जाऊँगा।"

माँ ने कहा, "ठीक है जाओ।" उन्होंने साथ में चना-चबेना, सत्तू, गुड़, जो भी घर में था, बाँध दिया। वह अपनी पोटली लेकर अपनी ससुराल की तरफ चल दिया। रास्ते में एक नदी पड़ी, जिसके किनारे गधे घास चर रहे थे। वह काफी देर तक गधे के साथ बातें करता रहा और खेलता रहा। जब वह अपनी ससुराल के नजदीक पहुँचा तो वहाँ रास्ते में धोबी अपना गधा खोज रहा था। उसे याद आया कि रास्तें में गधा देखा था। उसने धोबी से कहा, "नदी के किनारे तुम्हारा गधा घास चर रहा था। जाकर देखो, मिल जाएगा।"

धोबी नदी किनारे गया और उसने देखा कि सचमुच उसका गधा घास चर रहा था।

उसने पूरे गाँव में यह बात फैला दी कि "पंडित का दामाद बहुत होशियार है। कोई भी गधा नहीं खोज पाया, पर उसने खोज दिया।"

यह बात पूरे गाँव में फैल गई।

अब शाम होते-होते वह ससुराल पहुँचा। वहाँ जाकर उसने अपने ससुर और सास से पत्नी को विदा करवाने की बात की।

उन दोनों ने कहा, "अपनी पत्नी से पूछ लो।"

वह पत्नी के पास गया, पर उसने भी मना कर दिया।

वह बोली, "मैं नहीं जाऊँगी।"

बात जल्द ही अड़ोस-पड़ोस में फैल गई। सब ने कहा, "यह तो बहुत होशियार है। जिस गधे को कोई नहीं खोज पाया, इसने अपनी अंतर्दृष्टि से बतला दिया। बेटी को विदा कर दो।"

वे लोग जैसे-तैसे मान गए। लड़की की विदाई की तैयारी करने लगे। उसका मूड़-महावर किया। पूड़ी-पुआ बनाकर गठरी बाँधी गई।

जब वह अपनी पत्नी को विदा करवाकर चलने लगा तो उसकी सास उससे बोली, "जैसी मैं अपनी बेटी भेज रही हूँ, वैसी ही वापस लाना, और हाँ, इसके पाँव का महावर रास्ते में न छूटने पाए।"

यह कहकर माँ-बेटी गले मिलीं और फिर बेटी पीछे-पीछे और दामाद आगे-आगे सिर पर गठरी रखकर चल दिए।

रास्ते में नदी पड़ी।

पति बोला, "अरे, सासजी ने चलते समय कहा था कि तुम्हारा महावर नहीं छूटना चाहिए।"

पत्नी बोली, "जी, ठीक तो है, अगर मैं पानी में अपने पाँव रखूँगी तो मेरा महावर तो सचमुच छूट जाएगा।"

पति बोला, "ठीक है, मैं कोई उपाय करता हूँ। फिर उसने गठरी उठाई और उसे ले जाकर नदी के उस पार रख दिया।"

फिर वापस आकर बोला, "चलो, तुम मेरे कंधे पर बैठो। मैं तुम्हें पार करवाता हूँ।"

पत्नी ने कहा, "तुम्हारे कंधे पर बैठूँगी तो भी मेरे पाँव लटके रहेंगे और महावर छूट जाएगा।"

पति ने कहा, "तुम मेरे कंधे पर अपने पाँव रखकर घुटनों के बल बैठ जाओ और मेरा सिर पकड़ लो।"

उसने ऐसा ही किया।

पति जब बीच नदी में पहुँचा तो पत्नी का संतुलन बिगड़ गया। वह पीछे पलट गई। पति ने उसके पाँव कसकर पकड़ लिये।

तभी बज-बज-बज-बज की आवाजें आने लगीं।

पति ने कहा, "यह तुम बुलबुले क्यों छोड़ रही हो?" परंतु उसे कोई उत्तर न मिला।

थोड़ी देर बाद फिर बज-बज-बज-बज की आवाजें आईं। अब उसने पाँव और जोर से पकड़ लिये।

फिर बोला, "अरे, तुम यह बुलबुले क्यों छोड़ रही हो?"

फिर भी उसे कोई उत्तर न मिला। तब तक वह नदी के किनारे पहुँच गया।

नदी के किनारे जाकर पत्नी को जमीन पर लिटा दिया।

जब पति ने पत्नी का चेहरा देखा तो बोला, "तुम ये खीसें क्यों निकाल रही हो। देखो, तुम्हारा महावार जैसे का तैसा है।"

फिर भी वह न बोली।

तो वह जाकर पूड़ी और पुओं की गठरिया उठा लाया और बोला, "लो, एक पूड़ी खाओ।"

फिर कोई उत्तर न मिला तो वह बोला, "ये लो, दो पूड़ी खा लो।"

फिर भी वह चुप।

तो वह पूरी गठरी उठा लाया और बोला, "लो, सब पूड़ी खा लो और मिठाई भी खाओ।"

फिर भी जब कोई उत्तर न मिला, तब उसे लगा कि अब क्या करें? उसे लगा कि वह मर गई है। उसने सोचा कि अब तो घरवाले जीते जी मुझे

मार ही डालेंगे तो वह खूब जोर-जोर से रोने लगा। इस तरह रात हो गई और बारह बज गया।

तभी भगवान् शंकर और पार्वती घूमने निकले।

पार्वती ने शंकर भगवान् से कहा, "लगता है, कोई रो रहा है!"

शंकर भगवान् बोले, "अरे, यह तो दुनिया है। कोई हँसता है, कोई रोता है, कोई गाता है। तुम क्यों परेशान हो रही हो?"

शंकर भगवान् बोले, "चलो, चलते हैं।" जब वे दोनों वहाँ पहुँचे तो देखा कि एक नई ब्याहता की लाश पड़ी है और उसका पति जोर-जोर से रो रहा है।

पार्वतीजी ने पूछा, "क्या हुआ?"

तब उसने पूरी कहानी सुनाई। शंकर भगवान् बोले, "यह तो मंदबुद्धि है।"

उसने कहा, "मंदबुद्धि तो आपने ही बनाया है।"

पार्वतीजी ने कहा, "बात तो ठीक है।" अब इसके आगे शंकर भगवान् की कहाँ चली।

उन्होंने अपनी उँगली में छेदकर दो बूँद खून उस लड़की के मुँह में डाल दिया। वह जी उठी।

लड़के ने अपनी पत्नी के साथ शंकर और पार्वती से आशीर्वाद लिया और खुशी-खुशी अपने गाँव की ओर चल दिए।

□

राजा की सात बेटियाँ

—अनीता

एक राजा थे। उनकी सात बेटियाँ थीं। वे अपनी बेटियों से बहुत परेशान थे। रानी घर में जो भी पकातीं, बेटियाँ सब खा जाती थीं। एक दिन रात को जब बेटियाँ सो गईं तो राज ने रानी से कहा, "तुम आज रात को खीर बनाओ, मेरा खीर खाने का बहुत मन हो रहा है।"

रानी बोलीं, "ठीक है देखो, बनाती हूँ।"

पर उन सातों बेटियों में से एक बड़ी बेटी जाग रही थी। उसने बाकी सबको भी बतला दिया। उनमें से छोटी बेटी सोने में बहुत पक्की थी, अत: उसने उसकी बात न सुनी। जब रानी खीर बनाने रसोई में गईं तो देखा, वहाँ न साफ करनेवाली मिट्टी थी, न पोतना और फिर देखा तो पाया पतीली, चमचा, चिमटा, फुँकनी, चावल, गुड़ सब गायब था।

माँ को रसोई में खटपट करते सुनकर एक बोली, "पोतना तो मेरे पास है।"

दूसरी ने कहा, "पतीली तो मेरे पास है।"

तीसरी बोली, "चिमटा मेरे पास है।"

इसी प्रकार चौथी और पाँचवी ने भी बोला। इस तरह छह लड़कियाँ, जिन्होंने कुछ-न-कुछ छिपा रखा था, उठ गई। सातवीं, जो सबसे छोटी थी, वह सोती रही। खीर बनी, सबने खा ली और फिर जाकर सो गईं। थोड़ी देर में सातवीं उठी, उसने भी बची-खुची खीर पोंछकर खा ली तथा पतीले

में लोढ़ा डाल दिया, फिर उसे ढक दिया और जाकर सो गई।

जब राजा ने रानी से कहा, "सुनती हो, क्या खीर बन गई?"

रानी बोलीं, "जी, बन गई।"

राजा ने कहा, "मुझे दो न, बड़ी भूख लगी है।"

रानी रसोई में गई, पतीला खोलकर देखा तो उसमें लोढ़ा पड़ा था। यह देखकर राजा-रानी दोनों को बहुत गुस्सा आया। अगले दिन राजा ने रानी से कहा, "सातों के लिए पोटली बाँध दो, मैं इन्हें जंगल में छोड़ आऊँगा।"

राजा उन सबको लेकर जंगल में गए और एक कुएँ के पास रुक गए। वहीं अपना लोटा व डोरी डाल पर टाँग दी और सबसे कहा, "अपनी-अपनी पोटलियाँ यहाँ रख दो और जंगल जाकर जितने बेर-मकोईया मिले, तोड़-तोड़कर खाओ। जब प्यास लगे तो यहाँ आकर पानी पी लेना।

सभी लड़कियाँ जंगल में घूम-घूमकर मीठे बेर खातीं और पोटली में इकट्ठा करती जातीं। वे आपस में कहतीं, "यह माँ के लिए है, यह पिता के लिए।" जब दिन चढ़ आया और सूरज ढलने को हुआ तो वे सब उसी कुएँ की तरफ वापस लौट आईं।

वहाँ आकर सब ने अपनी-अपनी पोटली खोली तो किसी में पुआ, किसी में पूड़ी, किसी में पेड़ा, किसी में जलेबी, किसी में सत्तू और गुड़-धनिया निकली और जब सातवीं ने अपनी पोटली खोली तो उसमें राख बँधी हुई थी।

उसे देखकर वह रोने लगी और बोली, "पिताजी ने घाट की तो जंगल में छोड़ा, माँ ने घाट की तो राख बाँध दी।"

सबने उसे सांत्वना दी।

उन्होंने कहा, "रोओ मत, हम सब तुम्हें अपने में से थोड़ा-थोड़ा देंगे तो तुम्हारा बहुत हो जाएगा।"

सबने अपने में से थोड़ा-थोड़ा दिया तो उसका हिस्सा सब से बड़ा हो गया। सबने खाना खाया, फिर कुएँ से भर-भरकर पानी पिया। उसके बाद

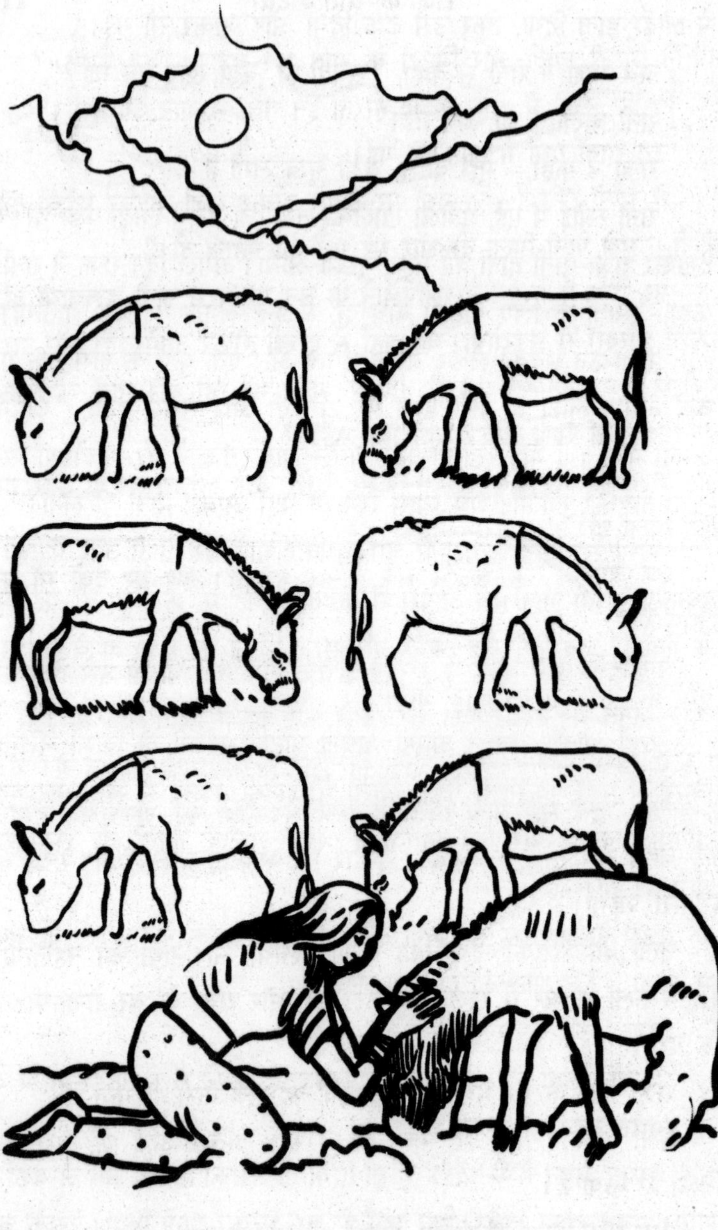

उन्होंने मिट्टी खोदी और मिट्टी के सात गधे बनाए। फिर बोली, "राजा बेन-विभूति, रानी में अगर शक्ति हो तो इन गधों में जान आ जाए।"

उन सातों गधों में जान आ गई।

वे सातों देवियाँ सात गधों पर सवार होकर राजा के घर पहुँचीं और बोलीं, "मुझे पानी पिला दो और मेरे गधे को नहला दो।"

पर राजा ने बजाय पानी पिलाने के उन पर गरम पानी डलवाया और उनको झाँखरों से झड़वाया। वह वहाँ से दुःखी होकर आगे बढ़ीं और रास्ते में देखा एक तेली की लड़की कुएँ पर पानी भर रही थी। सातों लड़कियाँ अपने गधों के साथ जाकर वहाँ रुक गईं।

वे सातों तेली की बेटी से बोलीं, "मेरे गधों को नहला दो और हमें पानी पिला दो।"

वह बोली, "मेरे घर में सब बीमार पड़े हैं। सब पर देवी माँ का प्रकोप है।"

उन दिनों जब किसी के घर में चेचक निकलती थी तो उसे देवी का प्रकोप मानते थे। उस व्यक्ति के घर में कोई आता-जाता नहीं था और न ही कुछ खाता-पीता था। यहाँ तक कि भिखारी भी भीख न लेते थे। परंतु वे बोलीं, "तुम मुझे पानी पिलाओ और मेरे गधों को नहलाओ, तुम्हारे भाई-बहन सब ठीक हो जाएँगे। तुम्हारे घर शहनाई बजेगी और राजा के घर मरी पड़ेगी।"

तेली की लड़की ने सबको पानी पिलाया और गधों को नहलाया। सच में तेली के घर में खुशहाली फैल गई और राजा के घर रोना-पीटना पड़ गया।

राजा तेली के घर गया और पूछा, "यह सब कैसे हो गया?"

तेली बोला, "गधों पर सवार होकर सात देवियाँ आई थीं, यह सब उनकी ही कृपा है।"

अब राजा दौड़ा-दौड़ा उन देवियों को खोजने लगा। गाँव से थोड़ी ही दूर पर उसे सातों देवियाँ मिल गईं।

राजा उनके पैरों पर गिर पड़ा और बोला, "मुझसे गलती हो हुई। मुझे क्षमा कर दें।"

वे गुस्से से बोलीं, "तुम्हें शर्म नहीं आती, तुम फिर मुँह दिखाने आ गए!"

जब राजा ने खुशामद की तो वे बोलीं, "अगर राजा गढ़ी उठाए और रानी गिलाफ उठाए तो सवा पहर में एक लड़का काना होकर जिएगा।"

यह कहकर वे अज्ञात दिशा की ओर चली गईं। फिर उन्होंने उस गाँव की ओर कभी मुड़कर नहीं देखा।

□

च्यों खोलो किवाड़

—सुनीता

एक बकरी थी। उसके चार बच्चे थे। उनके नाम थे—अल्लो, बल्लो, च्यों, म्यों।

एक दिन बकरी घर के बाहर खाना लाने जा रही थी।

जाते-जाते अपने बच्चों से बोली, "मेरे पीछे कोई भी आए, दरवाजा मत खोलना।"

यह कहकर वह बाहर निकल गई। यह सब नीम के पेड़ के पीछे छिपा भेड़िया सुन रहा था।

उसके जाने के थोड़ी देर बाद भेड़िया दरवाजे पर आया और बोला, "अल्लो, खोलो किवाड़, बल्लो, खोलो किवाड़, च्यों, खोलो किवाड़, म्यों, खोलो किवाड़, तेरी मैया है द्वार।"

बाहर खड़ा नीम का पेड़ यह सब देख रहा था।

वह बोला, "अल्लो, खोलो न किवाड़, बल्लो, खोलो न किवाड़, च्यों, खोलो न किवाड़, म्यों, खोलो न किवाड़, तेरी मैया नहीं है द्वार।"

बच्चों ने दरवाजा नहीं खोला।

भेड़िये को गुस्सा आया तो उसने नीम का पेड़ काट डाला।

शाम को जब बकरी आई तो अपने बच्चे को पाकर खुश हो गई।

बच्चों ने सारी बातें माँ को बतलाईं।

माँ ने कहा, "मेरे पीछे कभी भी किसी के लिए दरवाजा मत खोलना।"

अगले दिन जब बकरी फिर बाहर जाने लगी तो अपने बच्चों से बोली,

"मै बाहर खाना लाने जा रही हूँ, तुम लोग मेरी आवाज पहचाने बिना दरवाजा मत खोलना।"

बच्चों ने कहा, "अच्छा माँ।"

बकरी निश्चिंत होकर बाहर चली गई।

भेड़िया तो वहीं छुपा था। वह दरवाजे पर आया और बोला, "अल्लो, खोलो किवाड़, बल्लो, खोलो किवाड़, च्यों, खोलो किवाड़, म्यों, खोलो किवाड़, तेरी मैया है द्वार।"

तभी नीम के पेड़ की कटी हुई डालियाँ बोल पड़ीं, "अल्लो, खोलो न किवाड़, बल्लो, खोलो न किवाड़, च्यों, खोलो न किवाड़, म्यों, खोलो न किवाड़, तेरी मैया नहीं है द्वार।"

बच्चे सावधान हो गए और उन्होंने दरवाजा नहीं खोला।

अब तो भेड़िया आगबबूला हो गया और उसने सारी डालियाँ ले जाकर दूर फेंक दीं।

शाम को जब बकरी आई तो अपने बच्चों को पाकर खुश हो गई।

बच्चों ने फिर सब बातें माँ को बतलाईं।

माँ चिंतित हो गई और बोली, "तुम लोग मेरी आवाज पहचाने बिना दरवाजा मत खोलना।"

अगले दिन बाहर जाते समय माँ फिर बोली, "तुम लोग मेरी आवाज पहचाने बिना दरवाजा मत खोलना।" और वह बाहर चली गई।

भेड़िया तो वहीं छुपा था। वह दरवाजे पर आया और बोला, "अल्लो, खोलो किवाड़, बल्लो, खोलो किवाड़, च्यों, खोलो किवाड़, म्यों, खोलो किवाड़ तेरी मैया है द्वार।"

तभी पेड़ की जड़ें बोल पड़ी, "अल्लो, खोलो न किवाड़, बल्लो खोलो न किवाड़, च्यों, खोलो न किवाड़, म्यों, खोलो न किवाड़, तेरी मैया नहीं है द्वार।"

अब तो भेड़िया गुस्से से पागल हो गया और उसने पेड़ की जड़ें भी उखाड़ कर फेंक दीं।

शाम को जब बकरी आई तो अपने बच्चों को पाकर खुश हो गई।

बच्चों ने फिर सब बातें माँ को बतलाईं।

माँ चिंतित हो गई और बोली, "कितनी बार कहा है कि मेरी आवाज पहचाने बिना दरवाजा मत खोलना, पर तुम लोग सुनते ही नहीं हो।

अगले दिन बाहर जाते समय माँ फिर बोली, "तुम लोग मेरी आवाज पहचाने बिना दरवाजा मत खोलना।"

फिर वह बाहर चली गई।

अगले दिन माँ के जाते ही भेड़िया फिर आया और आवाज बदल कर बकरी की आवाज में बोला, "अल्लो, खोलो किवाड़, बल्लो, खोलो किवाड़; च्यों खोलो किवाड़, म्यों, खोलो किवाड़, तेरी मैया है द्वार।"

बच्चों ने सोचा कि माँ है और उन्होंने दरवाजा खोल दिया। भेड़िया अल्लो, बल्लो और च्यों को खा गया, पर म्यों कहीं छुप गया।

शाम को जब बकरी आई तो म्यों ने उसे सारा किस्सा सुनाया, बकरी को पहले तो बहुत दुःख हुआ, फिर भेड़िये को बाहर सोता हुआ देखकर उसे बहुत गुस्सा आया।

बकरी लोहार के पास गई, उसे सारा किस्सा रोते-रोते सुनाया और फिर उससे कहा, "मेरे सींग पैने कर दो।"

लोहार ने उसके सींग पैने कर दिए।

फिर बकरी तेली कि पास गई और उसे सारा किस्सा सुनाया और उससे कहा, "मेरे सींग में तेल लगा दो।"

तेली ने उसके सींग में अच्छे से तेल लगा दिया।

बकरी वापस घर आई, भेड़िये के पास गई और उसका पेट फाड़ दिया। उसके बच्चे बाहर निकल आए।

बकरी खुशी-खुशी रहने लगी। उसने उसी जगह पर एक नया पेड़ लगा दिया।

अपने बच्चों से बोली, "इसे खाना मत, यह तुम्हारा रक्षक है।"

माँ की ममता सर्वोपरि है।

□

लोमड़ी की होशियारी

—तारावती

एक राजा था। उसे बाघ, शेर जैसे खूँखार जानवर पालने का बहुत शौक था। एक बार उसने एक बाघ पाला। वह बाघ बहुत ही बेढब और नटखट था, जिसे देखता, उसे खा जाता था। जब प्रजा ने इसकी शिकायत राजा से की तो राजा ने सोचा उसे जंगल में रखवा दें तो किसी को परेशान नहीं करेगा। राजा ने उसे एक पिंजरे में बंद करवाकर घने जंगल में रखवा दिया। उसी राज्य में एक पंडितजी रहते थे, जो कथा कहने के लिए दूसरे गाँव जा रहे थे। रास्ते में वही घना जंगल पड़ा और पंडितजी जब उस जंगल से निकल रहे थे तो उन्होंने रास्ते में उस बाघ का पिंजरा देखा। बाघ ने पंडितजी को देखा तो बोला, "पंडितजी, पाँय छुई।"

पंडितजी की पैर छुआना बड़ी कमजोरी थी।

पंडितजी मुसकराकर बोले, "खुश रहो।"

बाघ बोला, "पिंजरे में कैसे खुश रहूँ। पिंजरा खोल दो तो खुश हो जाऊँ।"

पंडितजी बोले, "अगर मैं पिंजरा खोल दूँगा तो तुम मुझे खा जाओगे।"

बाघ बोला, "पंडितजी, कैसी बात कर रहे हैं! मैं आपके पाँव छू रहा हूँ और आप कह रहे हैं कि मैं आपको खा जाऊँगा।"

पंडितजी बोले, "मैं ऐसे विश्वास नहीं कर सकता, पहले तुम त्रिवचन करो कि तुम मुझे नहीं खाओगे।" बाघ बोला, "मैं अपनी कसम खाता हूँ, मैं

सबकी कसम खाता हूँ कि मैं आपको नहीं खाऊँगा।"

यह सुनकर पंडितजी आश्वस्त हो गए और उन्होंने पिंजरे की कुंडी खोल दी, जैसे ही कुंडी खोली, वह बाघ बाहर आ गया और बोला, "मैं बहुत दिन से पिंजरे में बंद हूँ। मैंने बहुत दिन से कुछ नहीं खाया और मुझे जोरों की भूख लगी है। अब मैं आपको खाऊँगा।"

पंडितजी बोले, "तुमने तीन बार कसम खाई है। तुम मुझे ऐसे कैसे खा सकते हो, पहले किसी से फैसला कराओ, तब ही तुम मुझे खा सकते हो।"

उसके बाद वह आगे चले तो सामने एक गाय चरती हुई मिली।

पंडितजी ने उस गाय को सारी कहानी बताई और बोले, "अब तुम ही इसका फैसला करो।"

गाय बोली, "ऐसा है कि पंडितजी होते ही खराब हैं, जब तक मैं दूध देती हूँ, ये मुझे खाने-पीने को देते हैं, सेवा करते हैं, लेकिन जब मैं दूध नहीं देती तो ये मुझे मारते हैं और ढंग से नहीं रखते, इसलिए हे बाघ, अगर तुम्हें सही लगता है तो तुम इन्हें खा जाओ।"

यह सुनकर पंडितजी डर गए और बोले, "हम अभी एक जगह और फैसला कराएँगे।"

बाघ के मुँह में तो पानी आ रहा था, लेकिन वह बोला, "ठीक है, पंडितजी।" और वे दोनों आगे चले।

आगे चलकर उन्हें एक लोमड़ी मिली। पंडितजी ने सारी कहानी लोमड़ी को सुनाई और बोले, "अब तुम ही फैसला करो की इन्हें हमें खाना चाहिए या नहीं?"

लोमड़ी बहुत ही चतुर थी। उसने कहा, "मैं ऐसे आपकी बात कैसे मान लूँ? अगर आप चाहते हैं कि मैं सही-सही फैसला करूँ तो आप मुझे उस जगह पर लेकर चलो, जहाँ ये सब घटनाएँ हुई थीं।"

वे दोनों लोमड़ी को लेकर वापस पिंजरे के पास पहुँचे। तो लोमड़ी ने बाघ से पूछा कि तुम ऐसे ही थे क्या?

बाघ बोला, "नहीं, मैं पिंजरे के अंदर था।"

लोमड़ी ने फिर कहा, "आप लोग मुझे सब वैसे ही दिखलाइए, जैसे पहले था, तभी तो मैं सही–सही फैसला कर पाऊँगी।"

यह सुनकर बाघ पिंजरे में जाकर खड़ा हो गया और लोमड़ी से कहा, "अब ठीक है? अब तुम अपना फैसला सुनाओ। मुझे जोरों कि भूख लगी है।"

लोमड़ी बोली, "पिंजरा ऐसे ही था?"

बाघ ने कहा, "नहीं, दरवाजा बंद था।" और यह कहकर बाघ ने दरवाजा बंद कर लिया।

लोमड़ी बोली, "दरवाजा ऐसे ही बंद था या इसमें कुछ पड़ा था?"

पंडितजी ने कहा, "हाँ, इसमें कुंडी लगी हुई थी।"

लोमड़ी ने पूछा, "कैसे?"

पंडितजी ने कुंडी लगा दी।

कुंडी लगते ही लोमड़ी पंडितजी से बोली, "अब आप देख क्या रहे हो? बाघ कैद हो गया है। तुरंत भाग लो यहाँ से।"

पंडितजी लोमड़ी की होशियारी से बच गए और बाघ वापस पिंजरे में कैद हो गया।

कठिन परिस्थिति में लोमड़ी की तरह चालाकी से काम करना चाहिए।

□

मोरे हैं सो राजऊ के नाई

—शिप्रा

एक राजा था। उनके महल के अहाते में बहुत बड़ा पेड़ था। उस पर एक चिड़िया का घोंसला था। उसमें एक चिड़िया रहती थी।

उस घोंसले में न जाने ऐसी कौन सी बहुमूल्य वस्तु थी, जिसे लेकर वह चिड़िया जोर-जोर से चहचहाती हुई कहती रहती, "जो मोरे हैं, सो राजऊ के नाइ, जो मोरे हैं, सो राजऊ के नाइ, जो मोरे हैं, सो राजऊ के नाइ।"

यह सुन-सुनकर राजा बहुत तंग आ चुका था।

एक दिन राजा ने गुस्से में आ कर अपने नौकरों से कहा, "देखो, उसके घोंसले में ऐसा क्या है, जिसकी वजह से यह मुझे रोज-रोज परेशान करती है।"

नौकरों ने देखा, उसके घोंसले में सिर्फ तिनके और पत्ते ही थे।

उन्होंने राजा को जाकर बतलाया कि उसके घोंसले में कुछ भी नहीं है।

अगले दिन सुबह फिर राजा को देखकर चिड़िया ने बोलना शुरू कर दिया, "जो मोरे हैं, सो राजऊ के नाइ, जो मोरे हैं, सो राजऊ के नाइ, जो मोरे हैं, सो राजऊ के नाइ।"

अब तो राजा का गुस्सा सातवें आसमान पर पहुँच गया।

राजा ने नौकरों को आदेश दिया, "जाओ, चिड़िया को पकड़कर लाओ।"

नौकर चिड़िया को पकड़कर ले आए। राजा ने कहा, "इसे नहलाओ।"

राजा के आदेश पर जब नौकर उसे नहलाने लगे तो चिड़िया खुशी-

खुशी बोलती रही, "आज तो राजा के घर हम नहाए, आज तो राजा के घर हम नहाए।"

उसके बाद नौकरों ने उसे हलदी लगाई।

फिर भी चिड़िया बोलती रही, "आज तो राजा के घर हम पियरो-पियरो पहनो, आज तो राजा के घर हम पियरो-पियरो पहनो।"

उसके बाद नौकरों ने उसको काटकर कड़ाही में तेल में छौंका। चिड़िया तब भी बोलती रही, "आज तो हम राजा के घर छुन्न-मुन्न हुई, आज तो हम राजा के घर छुन्न-मुन्न हुई।"

उसके बाद जब राजा उसे खाने लगा तो वह बोली, "राजा के घर हम तो काल कोठरी आए, राजा के घर हम तो काल कोठरी आए।"

राजा के गुस्से का पारा धीरे-धीरे और बढ़ रहा था।

राजा ने नौकरों को आदेश दिया, "कल प्रातःकाल जब मैं शौच के लिए जाऊँ तो दो नौकर तलवार लेकर वहाँ खड़े रहें, जैसे ही चिड़िया निकले उसे मार दें।"

अगली सुबह जब राजा शौच के लिए गए तो दो नौकर तलवार लेकर उसके पास खड़े हो गए। जैसे ही राजा ने शौच की, चिड़िया निकली और उसे मारने के लिए नौकरों ने तलवार चलाई, पर चिड़िया तो फुर्र से उड़कर पेड़ पर बैठ गई और राजा की टाँग कट गई।

अब चिड़िया पेड़ पर बैठकर जोर-जोर से बोलने लगी, "मेरे पीछे राजा ने टाँग कटाई, मेरे पीछे राजा ने टाँग कटाई।"

इसके बाद वह चिड़िया वहाँ से उड़कर जंगल में चली गई। राजा ने राहत की साँस ली।

बिल्ली की सोने की चेन और लालची बुढ़िया

—रानी

एक बुढ़िया थी। उसने एक बिल्ली पाल रखी थी, जिससे वह बहुत प्यार करती थी। उसने उसके गले में एक मोटी सी सोने की चेन पहना रखी थी। एक दिन बुढ़िया की तबीयत खराब हो गई। उसने बिल्ली के गले में एक झोला बाँध दिया और उसमें दवाई का परचा और पैसे डाल दिए।

बिल्ली खुशी-खुशी दवा लेने चल दी। दुकान पर जाकर उसने दुकानदार को परचा दिया और दवाइयाँ लेकर जब वह वापस आ रही थी तो रास्ते में पानी बरसने लगा। भीगने से बचने के लिए वह एक दरवाजे पर खड़ी हो गई।

उस घर में एक लालची बुढ़िया रहती थी। जब उसने दरवाजा खोला और देखा कि एक बिल्ली गले में सोने की चेन पहने बैठी हुई है तो उसने लालच में आकर उसे घर के अंदर बुला लिया और सोने के लिए बहुत अच्छा व आरामदायक बिस्तर दिया।

बुढ़िया बोली, "तुम आराम से सो जाओ, सुबह चली जाना।"

बिल्ली सो गई, लेकिन थोड़ी देर बाद कुछ आवाज सुनकर उसकी नींद खुल गई। उसने देखा कि बुढ़िया चक्कू घिस रही है। बिल्ली यह दृश्य देखकर समझ गई कि माजरा क्या है! वह उठकर बुढ़िया के पास गई और पूछा, "तुम क्या कर रही हो?"

बुढ़िया बोली, "क्या बात है, तुमको नींद क्यों नहीं आ रही है? तुम्हारी मालकिन तुम्हें क्या खिलाकर सुलाती थी?"

बिल्ली ने कहा, "वह मुझे रोज रात को खीर-पूड़ी खिलाकर सुलाती थी।"

वह बुढ़िया रसोई में गई और उसने बिल्ली के लिए खीर और पूड़ी बनाई।

बिल्ली खीर-पूड़ी खाकर बिस्तर पर लेट गई, लेकिन अभी बिल्ली सो नहीं रही थी, उसने सिर्फ आँखें बंद कर रखी थीं। थोड़ी देर बाद फिर चक्कू घिसने की आवाजें आईं।

बिल्ली उठकर फिर बुढ़िया के पास पहुँची और बोली, "बुढ़िया! बुढ़िया! तुम क्या कर रही हो?"

बुढ़िया ने उसके प्रश्न के उत्तर देने की बजाय उससे उलटा प्रश्न पूछा, "तुमको नींद क्यों नहीं आ रही है? तुम्हारी मालकिन तुम्हें क्या खिलाकर सुलाती थी?"

बिल्ली बोली, "मेरी मालकिन मुझे हलवा और पकोड़े खिलाकर सुलाती थी।"

बुढ़िया रसोई में गई और उसने उसके लिए पकोड़े और हलवा बनाया। बिल्ली ने पकोड़े और हलवा बड़े चाव से खाया और जाकर लेट गई।

थोड़ी देर बाद फिर चक्कू घिसने की आवाज आई।

बिल्ली सो तो नहीं रही थी, सो वह उठकर फिर बुढ़िया के पास पहुँची और बोली, "बुढ़िया, बुढ़िया! तुम क्या कर रही हो?" तो बुढ़िया ने फिर उससे प्रश्न पूछा, "तुमको नींद क्यों नहीं आ रही है? तुम्हारी मालकिन तुम्हें क्या खिलाकर सुलाती थी?"

बिल्ली ने कहा, "मेरी मालकिन मुझे खाने के बाद कुएँ से चलनी में पानी भरकर लाती व पिलाती थी, तब मैं सोती थी।"

बुढ़िया बोली, "ठीक है, मैं तुम्हें अभी पानी पिलाती हूँ।"

बुढ़िया कुएँ पर गई और उसने बाल्टी से पानी भरा। फिर चलनी में पानी

भरकर घर की तरफ लाने की कोशिश की। जब भी वो चलनी में पानी भरकर लाने की कोशिश करती, पानी चलनी के छेदों से निकल जाता और चलनी खाली हो जाती। इसी तरह पूरी रात बीत गई। सवेरा होते ही बिल्ली उठकर भाग गई और लालची बुढ़िया हाथ मलती रह गई।

लालच करना एक बुरी बला है!

□

इल्ल में से भिल्ल गए

—रानी

एक बंदर पेड़ पर बैठा था। उसके पास लकड़ियाँ थीं। उसने देखा, एक बुढ़िया बाल जलाकर खाना पका रही थी।

वह बुढ़िया से बोला, "बुढ़िया, बुढ़िया, क्या तुम्हारे पास लकड़ी नहीं हैं, जो तुम बाल जलाकर रोटी बना रही हो?

बुढ़िया बोली, "क्या करें बच्चा, कहाँ से लकड़ी लाएँ! इतने बूढ़े हो गए हैं कि हमसे तो चला भी नहीं जाता।"

बंदर ने उसे अपनी लकड़ियाँ दे दीं और उसकी रोटी पर कूदने लगा। बुढ़िया ने कहा, "तुम मेरी रोटी पर क्यों कूद रहे हो?"

बंदर बोला, "इल्ल में से भिल्ल गए, भिल्ल में से लकड़ी लाए, मैंने तुम्हें लकड़ी दी तो क्या तुम मुझे रोटी भी नहीं दे सकती?"

बुढ़िया बोली, "ले, ले जा रोटी।"

बंदर रोटी लेकर आगे चला, उसने देखा कि एक कुम्हार का लड़का रो रहा था।

बंदर ने कुम्हार से पूछा, "यह क्यों रो रहा है?"

कुम्हार ने जवाब दिया, "भूखा है, रोटी माँग रहा है।"

तो बंदर ने उसे अपनी रोटी दे दी और उसकी मटकी पर कूदने लगा।

कुम्हार ने कहा, "तुम मेरी मटकी पर क्यों कूद रहे हो?"

बंदर बोला, "इल्ल में से भिल्ल गए, भिल्ल में से लकड़ी लाए, लकड़ी

मैंने बुढ़िया को दी, बुढ़िया ने हमको रोटी दी, रोटी हमने तुमको दी तो क्या तुम मुझे मटकी भी नहीं दे सकते?"

कुम्हार बोला, "मटकी ले जाओ, मेरे भाई।"

उसके बाद वह मटकी लेकर आगे चला। तो उसने रास्ते में देखा एक घासी गाली में दूध दुह रहा था। तो बंदर ने उससे पूछा, "अरे, तुम गाली में दूध दुह रहे हो, तुम्हारे पास मटकी नहीं है क्या?"

घासी बोला, "भैया, मैं इतना अमीर नहीं हूँ। मैं तुम्हारी जैसी मटकी कहाँ से लाऊँ?"

तो बंदर ने उसे अपनी मटकी दे दी और उसकी भैंस के ऊपर कूदने लगा।

घासी ने पूछा, "तुम मेरी भैंस पर क्यों कूद रहे हो?"

तो बंदर ने कहा, "इल्ल में से भिल्ल गए, भिल्ल में से लकड़ी लाए, लकड़ी मैंने बुढ़िया को दी, बुढ़िया ने हमको रोटी दी, रोटी हमने कुम्हार को दी, कुम्हार ने हमको मटकी दी, मटकी हमने तुमको दी तो क्या तुम मुझे भैंस भी नहीं दे सकते?"

घासी बोला, "जाओ, ले जाओ, तुम मेरी भैंस ले जाओ।"

बंदर भैंस लेकर आगे बढ़ा तो उसने देखा एक बच्चा दूध से रोटी खाने के लिए रो रहा था।

बंदर ने उसके पिताजी से पूछा, "यह बच्चा क्यों रो रहा है?"

तो उस आदमी ने जवाब दिया, "यह दूध-रोटी खाने कि लिए रो रहा है।"

तो बंदर ने कहा, "तुम्हारे पास भैंस नहीं है क्या?"

वह आदमी बोला, "मैं तुम्हारे जैसा अमीर आदमी नहीं हूँ। मेरे पास भैंस खरीदने कि लिए पैसे नहीं हैं?"

बंदर ने उसको अपनी भैंस दे दी और उसकी बीवी के ऊपर कूदने लगा।

वह आदमी बोला, "अरे, तुम मेरी बीवी के ऊपर क्यों कूद रहे हो?"

बंदर बोला, "इल्ल में से भिल्ल गए, भिल्ल में से लकड़ी लाए, लकड़ी

मैंने बुढ़िया को दी, बुढ़िया ने हमको रोटी दी, रोटी हमने कुम्हार को दी, कुम्हार ने हमको मटकी दी, मटकी हमने घासी को दी, घासी ने हमको भैंस दी, भैंस हमने तुमको दी तो क्या तुम मुझको अपनी बीवी भी नहीं दे सकते?"

वह बोला, "ठीक है, ले जाओ मेरी बीवी।"

बंदर उसकी बीवी को लेकर अपने दोस्तों के पास पहुँचा। यह देखकर उसके दोस्तों को ईर्ष्या हुई। उन्होंने पूछा, "तुम्हें यह इतनी सुंदर बीवी कैसी मिली?"

तो बंदर ने उनसे कहा, "इसको पाने कि लिए मैंने अपने चूतड़ पेड़ में घिसे और फिर लोनी में बैठ गया।"

यह सुनकर सभी बंदरों ने सुंदर बीवी पाने के लिए चूतर पेड़ पर घिसे और जैसे ही वे लोनी पर बैठे, सभी दर्द से बिलबिलाने लगे। वह बंदर वहाँ से हँसता हुआ अपनी बीबी लेकर भाग गया।

□

तकदीर-तदवीर

—तारावती

एक पंडितजी थे। वे बहुत गरीब थे। वे गली-गली इधर-उधर भीख माँगकर किसी तरह अपना गुजर-बसर करते थे। उनका हाल यह था कि दिन में एक बार बड़ी मुश्किल से उन्हें भोजन नसीब होता था।

एक दिन जब पंडितजी भीख माँगने जा रहे थे तो रास्ते में तकदीर और तदवीर दोनों बहनें उन्हें देख रही थीं। तदवीर ने तकदीर से कहा, "यह इतना गरीब है कि रोज इधर-उधर भीख माँगकर गुजर-बसर करता है। इसे थोड़ा सा कुछ दे दो तो इसका गुजर-बसर होने लगे।"

तकदीर ने कहा, "मेरे पास अभी इसे कुछ देने को नहीं है। तुम चाहो तो दे दो।"

तदवीर ने कहा, "ठीक है।" उसने उस पंडित को रोका, एक लाल दिया और पंडितजी से बोली, "इसे ले जाओ। इसे बेचकर अपने परिवार का भरण-पोषण करो।"

पंडितजी लाल पाकर बड़े प्रसन्न हुए और उसे मुट्ठी में दबाकर चल दिए। वे इतने उत्सुक थे कि बार-बार मुट्ठी खोलकर देखते।

उन्हें रास्ते में एक तालाब मिला। पंडितजी ने सोचा, 'क्यों न इसे पानी में धो लें तो यह और भी चमक जाएगा तथा इसकी कीमत भी ज्यादा मिलेगी।'

पंडितजी ने जैसे ही लाल पानी में धोने के लिए मुट्ठी खोली, वह पानी में फिसल गया और तुरंत ही उसे एक मछली निगल गई।

अब बेचारे पंडितजी मन मसोसकर रह गए, फिर कुछ भीख माँगी। घर पहुँचे तो पंडितानी को किस्सा सुनाया कि कैसे उन्हें तदवीर ने लाल दिया था और वह पानी में गिर गया तो एक मछली निगल गई।

पंडितानी भी दुःखी हुईं। अगले दिन पंडितजी जब फिर कमंडल लिये भीख माँगने निकले, फिर तकदीर और तदवीर उन्हें उसी जगह पर खड़ी मिलीं।

दोनों ने एक-दूसरे की तरफ देखा, फिर तकदीर बोली, "यह क्या तदवीर बहन! कल ही तो तुमने इसे लाल दिया था, पर आज फिर यह भीख माँगने जा रहा है?"

तदवीर ने पंडितजी को रोका और पूछा, "अरे पंडितजी, कल तो मैंने तुम्हें लाल दिया था, पर आज फिर तुम भीख माँग रहे हो, क्या बात है?"

पंडित ने उन्हें अपनी कहानी ज्यों-की-त्यों सुना दी।

तदवीर बोली, "कोई बात नहीं, आज मैं तुम्हें हीरा देती हूँ। यह बहुत कीमती है। इसे बेचकर तुम जीवन भर ठीक से रह सकते हो।"

तदवीर ने अपनी झोली से निकालकर एक चमकता हुआ हीरा पंडितजी के हाथ पर रख दिया। पंडितजी हीरा पाकर प्रसन्न हुए। एकदम चमकता हुआ हीरा। वे बारंबार मुट्ठी खोलकर उसे देखते और खुश हो जाते। एक बार वे मुट्ठी खोलकर हीरा देख रहे थे कि उड़ती हुई चील ने झपट्टा मारा और हीरा उठाकर अपने घोंसले में जाकर रख दिया। पंडितजी फिर हाथ मलते रह गए। अगले दिन फिर पंडितजी भीख माँगने निकले और रास्ते में उनकी मुलाकात फिर से तकदीर और तदवीर से हुई।

फिर तकदीर तदवीर से बोली, "यह क्या, पंडितजी फिर भीख माँगने जा रहे हैं, हीरे का क्या हुआ?"

तब तदवीर ने पंडितजी को रोका और पूछा, "पंडितजी, आप फिर भीख माँगने जा रहे हो; हीरे का क्या किया आपने?"

पंडितजी बोले, "क्या बताएँ, रास्ते में जाते-जाते मैंने मुट्ठी खोलकर हीरे को देख रहा था, तभी एक चील झपट्टा मारकर ले गई।"

तदवीर ने सोचा कि इसे इतना कुछ देती हूँ, पर इसके हाथ कुछ लगता ही नहीं।

तदवीर ने कहा, "आज मैं तुम्हें नकद रुपए दूँगी।" तदवीर ने पंडितजी को पाँच सौ रुपए दिए और बोली, "जाओ, इनसे दाल, चावल और आटा खरीद लो, कुछ दिन तो तुम्हारा आराम से गुजर-बसर हो जाएगा।"

पंडितजी ने सोचा, 'इस बार जो भी हो जाए, गलती नहीं होने दूँगा।' उन्होंने रुपए अपने पेट पर कसकर बाँध लिये। घर पहुँचने तक इधर-उधर देखना तो दूर, पेशाब करने को भी नहीं रुके। मुश्किल से दुआ-सलाम का जवाब दिया।

घर पहुँचे तो देखा कि पंडितानी घर पर नहीं थी। चूल्हा भी ठंडा पड़ा था। पंडितजी ने क्या किया कि चूल्हे में रुपए रख दिए और पंडितानी को बुलाने चल दिए।

उधर पंडितजी पंडितानी को पड़ोस में बुलाने गए। इधर पंडितजी की पड़ोसन आग माँगने आई। उसने चूल्हे में झाँककर देखा, वहाँ आग की बजाय रुपए रखे थे।

उसने चुपके से रुपए उठाए और अपने घर चल दी। इधर पंडितजी पंडितानी को बुलाकर घर पहुँचे और उन्हें चूल्हे के पास ले गए। चूल्हें में झाँककर देखा तो रुपए गायब।

अब तो पंडितजी की हवाइयाँ उड़ने लगीं, वे हक्के-बक्के रह गए।

पंडितानी एकदम आग-बबूला हो गईं और बोलीं, "लगता है, इस पंडित का दिमाग खराब हो गया है, तभी तो यह रोज-रोज झूठ बोलता है। कभी कहता है कि लाल मिला था, कभी कहता है कि हीरा मिला था, आज बोल रहा है कि रुपए मिले थे, वह भी चूल्हे में रखे थे।"

पंडित बेचारे सिर ढककर सो गए।

अगले दिन पंडितजी ने फिर सोंटा लिया और भीख माँगने निकले। फिर तकदीर और तदवीर रास्ते में खड़ी मिलीं। तदवीर ने पंडितजी से पूछा, "रुपयों का क्या किया ?" पंडितजी ने अपनी राम-काहनी सुनाई। इस पर तकदीर बोली,

"आज मैं पंडितजी को कुछ देती हूँ।" तकदीर ने पंडितजी को दो पैसे दिए।

तकदीर बोली, "जाओ पंडितजी, इन पैसों से अपना गुजर-बसर करो।" पंडित ने सोचा कि लाल, हीरा और रुपए तो मेरा भाग्य बदल न पाए तो ये दो पैसे क्या करेंगे।

वे बेचारे उदास मन से जा रहे थे कि रास्ते में एक आदमी मछली बेच रहा था। उससे एक मछली खरीदी। पंडितजी को किसी भी तरह का परहेज तो था नहीं। गरीबी सबकुछ सिखा देती है।

पंडितजी मछली लेकर घर पहुँचे, पंडितानी से बोले, "लो, मछली काटो और इसकी तरकारी बनाओ।"

पंडितानी एकदम गुस्सा होकर बोलीं, "लकड़ी, कंडे सब गीले हैं, कैसे चूल्हा जलाऊँ, कैसे तरकारी बनाऊँ?"

पंडितजी बोले, "ठीक है, अभी सूखी लकड़ी लाते हैं।"

पंडितजी ने न आव देखा, न ताव और पेड़ पर चढ़ गए। पेड़ पर चढ़ते ही उन्होंने देखा कि चील के घोंसले में हीरा चमक रहा था। अब तो पंडितजी ने आवेश में आकर चिल्लाना शुरू किया, "अरे, पकड़ लिया, पकड़ लिया। भागकर कहाँ जाएगी, अब तो इस चोरनी को जिंदा नहीं छोड़ूँगा, मारकर ही दम लूँगा।" पंडितजी ने हीरा उठा लिया।

यह सब उनकी पड़ोसन सुन रही थी। उसने सोचा कि पंडितजी उसे गाली दे रहे हैं और वे जान गए हैं कि मैंने ही उनके रुपए चुराए हैं। उसे लगा, अगर मेरे पति को पता चल गया तो वे मुझे जिंदा नहीं छोड़ेंगे। सब जगह थू-थू होगी सो अलग।

उसने रुपए उठाए और पंडितानी के पास गई और बोली, "यहाँ मैं आग लेने आई थी तो ये रुपए चूल्हे में रखे थे तो मैंने इसलिए उठा लिये कि कहीं कोई जानवर न खा जाए। तुम्हारे पंडितजी तो पेड़ पर चढ़कर चिल्ला रहे हैं। कहीं हमारे पति ने सुन लिया तो वे हमें घर से निकाल देंगे।"

पंडितानी ने रुपए ले लिये और बोली, "जाओ, मैं किसी को नहीं बतलाऊँगी।"

उसके जाते ही पंडितानी ने मछली फाड़ी तो उसके अंदर से एक लाल रंग का पत्थर निकला। पंडितानी ने पंडितजी से कहा, "देखो तो यह लाल रंग का पत्थर है।"

पंडितजी ने देखा तो खुशी से उछल पड़े। बोले, "यही तो लाल है।" इस तरह पंडितजी के अच्छे दिन शुरू हो गए।

इसलिए तकदीर और तदवीर में फर्क होता है। जब तकदीर साथ देती है, तभी तदवीर भी साथ देती है।

□

आदमी या औरत

–शिवरानी

एक राजा थे। उनकी सात बेटियाँ थीं। एक दिन राजा बड़े उदास थे। उनकी बड़ी बेटी ने पिता को उदास देखा तो बोली, "अरे पिताजी, आप उदास क्यों हैं ?"

वे बोले, "क्या बताएँ, मेरे सब बेटियाँ-ही-बेटियाँ हैं। अगर मेरा एक बेटा होता तो वह घर-बाहर का कितना सारा काम करता!"

यह बात उनकी बड़ी बेटी को लग गई। वह बाजार गई, धोती-कुरते का कपड़ा ले आई, फिर कुरता सिलवाया और एक साफा खरीदा। फिर वह पुरुष वेश में तैयार हुई और एक नौकर व अपना तोता साथ लेकर व्यापार करने चली गई। चलते-चलते पड़ोस के शहर में राजा के दरबार में पहुँची। उसे देखकर दरबारियों को शक हुआ कि यह लड़की है या लड़का! तो वहाँ के मंत्री ने कहा कि इसकी परीक्षा ली जाए और उन्होंने परीक्षा लेने के विषय में आपस में वार्त्तालाप किया कि उसे पान खाने को दिया जाए, अगर वह पान की पीक थूकेगी तो आदमी और अगर निगल जाएगी तो औरत है। यह बात वहाँ बैठे तोते ने सुन ली और जाकर उस लड़की को बता दी।

तोता लड़की से बोला, "ये लोग पान खाने को देंगे तो तुम पीक थूकते रहना, निगलना मत।"

लड़की ने उसकी बात मानी और उसे जब पान खाने को दिया गया तो वह बराबर पीक थूकती रही। दरबारियों में कानाफूसी होने लगी। कुछ बोले,

"मैंने कहा था न कि लड़का है, लड़की नहीं।"

अब जो लोग यह कह रहे थे कि वह लड़की है। वे बोले, "एक बार और परीक्षा लेते हैं।"

उन्होंने आपस में वार्त्तालाप किया कि इसे हम खाने के लिए बैठाते हैं, अगर यह जमीन पर गिरा खाना उठाकर खा लेगी तो लड़की है और यदि यह जमीन पर गिरा खाना नहीं उठाती तो लड़का है।

वहाँ बैठा तोता यह सब सुन रहा था। उसने लड़की को बता दिया कि खाना खाते समय जमीन पर खाना गिराना, पर उसे उठाकर मत खाना। लड़की ने उसकी बात मानी। खाने में दाल-चावल, सब्जी-रोटी बनी थी। जब वह खाने बैठी तो इधर-उधर खूब चावल गिराया, पर उसे उठाकर नहीं खाया। फिर दरबारियों में खुसर-फुसर होने लगी।

जिन्होंने पहले कहा था कि लड़का है, वे बड़े खुश हुए और बोले, "देखो, हमने कहा था कि लड़का है, मेरी बात सही निकली।" इस पर जिन्होंने कहा था कि लड़की है, वे बोले, "नहीं, अभी इसकी एक और परीक्षा ली जाएगी।"

उन्होंने तय किया की इसके लिए फूलों की सेज बिछाई जाएगी और अगर यह आदमी है तो सुबह सेज जैसी की तैसी ही मिलेगी और अगर यह औरत है तो फूल कुम्हला जाएँगे, क्योंकि औरत सोते समय बहुत करवटें बदलती हैं।"

तोते ने बात सुन ली और उसको जाकर बतला दी। उसके लिए फूलों की सेज बिछाई गई और वह सोने चली गई। सुबह चार बजे तोते ने खिड़की खोल दी और उसको उठने को कहा, फिर ढेर सारे तोते-चिड़ियाँ आ गए और बासी फूल बाहर फेंक दिए एवं ताजे फूल लाकर बिछा दिए। अब तीन परीक्षाएँ होने के बाद सब मान गए कि वह लड़का है। उसने खूब व्यापार किया और पैसा कमाया। ढेर सारा धन-धान्य लेकर अपने घर वापस चली गई। वहाँ के राजकुमार को अभी भी उस पर शक था, सो वह पीछा करते-करते उसके राज्य तक पहुँच गया और उसके घर जाकर उसके माता-पिता से पूछा कि यह

लड़की है या लड़का ? तो उसके माता-पिता ने उसे सच बता दिया।

राजकुमार ने उनके सामने उनकी लड़की से विवाह का प्रस्ताव रखा तो वे मान गए। फिर उनका धूमधाम से विवाह हुआ और वे सुखपूर्वक रहने लगे। तोता व मैना की भी शादी हुई और वे भी सुखपूर्वक रहने लगे।

संभवतः यह कहानी 'तोता-मैना' नामक पुस्तक से ली गई है।

□□□